용기가
말을
건넬 때

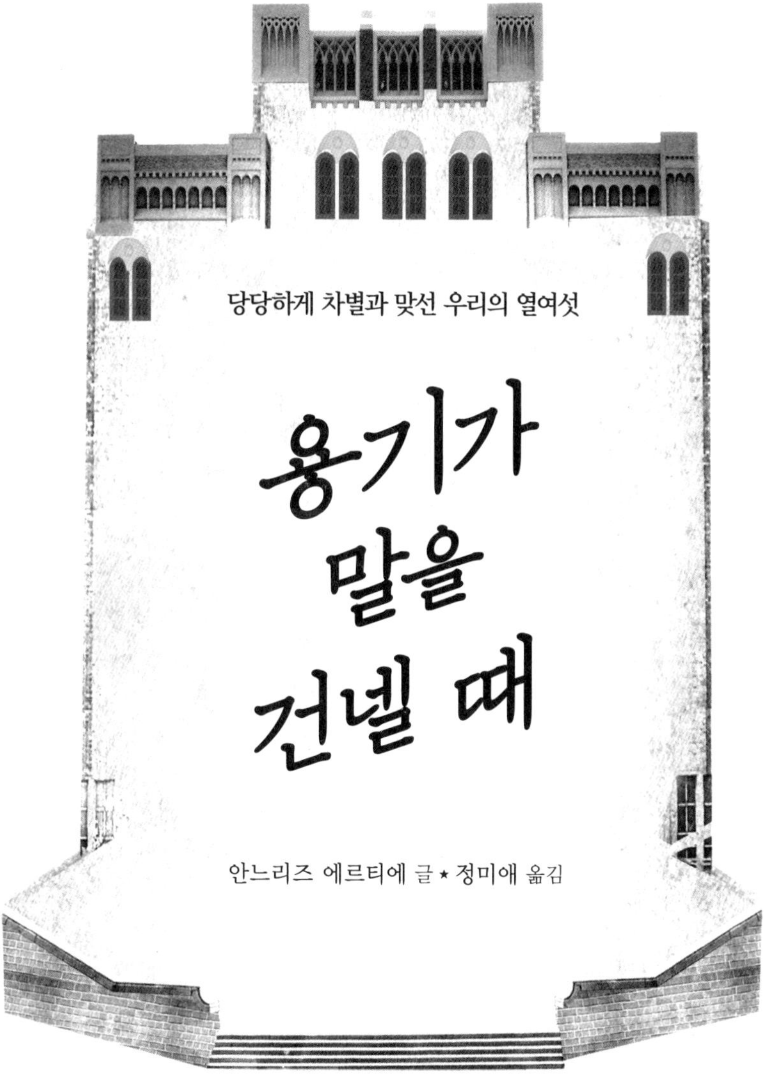

당당하게 차별과 맞선 우리의 열여섯

용기가 말을 건넬 때

안느리즈 에르티에 글 ★ 정미애 옮김

다림

1950년대 미국의 인종 차별

상점과 관공서, 공원은 백인을 위한 곳이었고, 흑인들은 버스조차 자유롭게 이용할 수 없었다. 백인들은 흑인이 천하고 더럽기 때문에 병을 옮긴다고 여겨 흑인들과 같은 수영장에 몸을 담그고 같은 화장실을 사용하는 것뿐만 아니라 같은 문을 이용한다는 것은 있을 수 없는 일이라고 생각했다.

하지만 몇몇 단체가 나서면서 변화가 시작되었다. 1954년 5월, 대법원은 미국 사회에서 역사상 가장 중요한 결정을 내린다. '브라운 대 토피카 교육 위원회 판결'을 통해 오랫동안 유지되어 온 공립 학교의 인종 분리 정책이 위헌이라고 판단한 것이다. 교육 안에서 '분리하되 평등하게'라는 주장은 힘을 잃었고 흑인은 백인과 동일한 교육을 받을 수 있는 권리를 얻었다.

북부 지역에서는 이 결정을 따랐지만, 남부 지역의 백인들은 격분했고, 오히려 인종 분리 정책이 더 강화되는 결과를 낳았다. 〈데일리 뉴스〉의 잭슨은 다음과 같이 썼다. '이 결정으로 남부에서는 유혈 사태가 일어나고 대법원을 향한 백인들의 행진이 이어지고 있다. 백인과 흑인 아이들이 같은 학교에서 공부하면서 섞이게 되면 이것은 다

른 인종 간의 결혼을 유발하며, 다른 인종 간의 결혼은 민족의 퇴화를 가져올 것이다.'

거센 저항 속에서도 아칸소주에 있는 명문 학교인 리틀록 센트럴 고등학교는 통합 절차를 밟기로 했다. 3년간의 준비 기간을 거쳐 학업 성적이 우수하고 품행이 바른 흑인 학생들을 선발하여 입학을 허가한 것이다. 입학 원서를 낸 열일곱 명의 학생 중 협박에 못 이겨 등록을 포기한 여덟 명을 제외한 아홉 명의 아이들, 어니스트 그린, 엘리자베스 엑포드, 제퍼슨 토마스, 테렌스 로버츠, 카로타 월스, 미니진 브라운, 글로리아 레이, 텔마 마더세드, 멜바 파틸로는 2천5백 명의 백인 아이들 속으로 들어가게 된다.

첫해, 백인 학생과 학부모 들은 열네 살에서 열일곱 살 정도밖에 되지 않은 흑인 아이들을 따라다니며 욕설을 퍼붓고, 실제로 위해를 가하기도 했다. 과격한 폭력 사태가 벌어지기도 했지만 아홉 명의 아이들은 용기를 잃지 않았고 조금씩 길이 열리기 시작했다.

이 소설은 멜바 파틸로의 자서전 《전사는 울지 않는다: 리틀록 센트럴 고등학교 통합을 위한 싸움에 관련된 혹독한 기억》(워싱턴 스퀘어 출판사, 1994)에서 밝힌 내용에서 실마리를 얻은 몰리 코스텔로라는 인물을 중심으로 써 내려갔다.

개학 날의 일화나 칠리소스를 뿌린 사건은 실제 일어난 일을 바탕으로 했지만 등장인물과 그들의 이야기 대부분은 허구다. 역사적인 교훈을 주려는 목적보다는 멜바 파틸로와 여덟 명의 아이들이 리틀록 센트럴 고등학교에서 견뎌 낸 시간을 있는 그대로 보여 주려고 했다. 이 이야기에 등장하는 주요 인물의 이름은 모두 가명이다.

법원의 상반되는 판결문이나 포버스 주지사와 아이젠하워 대통령의 역할 등 정치적, 법률적인 사건들은 생략된 부분도 있지만 모두 실화라는 점을 밝혀 둔다.

1954년 5월

카르테르 선생님은 교실 안을 쓱 훑어보았다. 자그마한 몸집에 눈빛이 맑은 그녀는 10여 년 전부터 호러스맨 학교에서 아이들을 가르치고 있었다.

선생님이 물었다.

"그래서, 너희 중 지원하고 싶은 사람 없니?"

아무도 대답하지 않았다. 파리 한 마리가 창 틈새로 날아들더니 선생님을 향해 돌진했다. 그녀는 팔을 휘저어 파리를 쫓았다.

이어 잠시 기다리던 선생님은 앞에 펼쳐 놓은 종이들을 가지런히 모아 회색 서류철 안에 챙겨 넣었다.

"좋아, 그럼 이제 다른 이야기 좀 할까."

좀 전의 파리가 다시 그녀의 머리 주위를 어지러이 오락가락하다 교탁 모서리에 내려앉았다.

바로 그 순간이었다. 몰리 코스텔로는 자기도 모르게 팔을 들어

올리고 있다는 걸 느꼈다. 처음에는 아주 천천히, 그러다 정확하게 목표물을 향했다. 검지 끝이 낡은 교실 천장을 가리키고 있었다.

카르테르 선생님은 복사물을 나눠 주느라 몰리를 보지 못했다. 선생님에게 몰리의 행동을 알린 학생은 열세 살 낙제생, 트레보르 포르만이었다.

"야, 몰리. 너 혹시 머리가 이상해진 거 아니야? 천장이 썩었다고?"

곳곳에서 낄낄대자 카르테르 선생님이 고개를 돌려 뒤를 돌아보았다. 그 바람에 안경이 빳빳하게 풀 먹인 그녀의 블라우스 위로 떨어졌다. 그녀는 의아한 표정을 지어 보였다.

"몰리, 왜 그러니?"

"해 보려고요."

"뭘 말이니?"

"한번 도전해 보고 싶어요."

카르테르 선생님은 순간 온몸이 마비된 듯 꼼짝하지 않고 눈살을 찌푸린 채 몰리를 뚫어지게 바라보았다. 몰리의 행동을 어떻게 받아들여야 할지 몰라 당황한 것 같았다. 충격적이라고 해야 할까? 자랑스럽다고 해야 할까? 불안하다고 해야 할까? 아니면 그저 몰리의 의견에 찬성할 수 없다고 해야 할까?

"확실하니?"

반 아이들은 믿을 수 없다는 듯 놀란 눈으로 몰리를 바라보았고 몰리는 고개를 끄덕였다. 몰리 옆자리에 앉은 수잔나가 속삭였다.

"너, 그냥 해 본 소리지? 설마 정말로 하려는 건 아니지?"

몰리는 어깨를 으쓱해 보였다. 어쨌거나 지금 당장 크게 위험할 건 없다. 단지 정의로운 결심과 실천 사이를 가로지르는 길 가운데 서 있을 뿐이다. 게다가 누가 알아? 그게 정말 가능하다면 결코 놓쳐서는 안 되는 기회잖아!

1957년 여름.

조니 마티스의 노래가 끝나자 방 안은 다시 적막하고 눅눅한 기운이 감돌았다. 모든 것이 서서히 멈춰 버릴 것처럼 바람 한 점 없는 오후였다.

브루크 샌더는 침대 위로 힘없이 쓰러지며 말했다.

"이 남자 때문에 미칠 것 같다니까."

눈썹을 치켜뜨며 말을 이었다.

"이 남자 옆에 있으면 아주 좋은 냄새가 날 거야. 정말이라니까. 어딘가 기품이 있으면서도 남성미 넘치는 멋쟁이들이 즐겨 쓰는 향수 냄새 말이야. 내 말 무슨 뜻인지 알지?"

금발에 가녀린 몸매의 그레이스 앤더슨은 꽃무늬 침대보 위에 누워 조니 마티스의 목덜미에 코를 벌름거리는 자신의 모습을 상상해 보았다. 그 앞에는 질투에 눈먼 열성 팬들이 벌 떼처럼 모여 있었다.

주디 그리핀은 마치 자리를 최대한 적게 차지하려는 듯 침대 모퉁이에 걸터앉은 자세로 조니 마티스의 얼굴을 훑어보았다. 앨범 표지의 얼굴은 그녀를 향해 빙그레 웃고 있었다. 수줍음이 많아 큰 소리로 떠들지는 못했으나 그녀 역시 머릿속으로는 조니 마티스에게 키스 세례를 퍼붓고 있었다.

그 자리에는 도로시 미첼도 있었다. 리틀록에서 제일 유명한 변호사를 아버지로 둔 도로시 미첼은 〈세븐틴〉 최신 호 중 하나를 들척거리다 멈칫했다. 그녀가 몸을 움직일 때마다 흔들의자에서 삐거덕거리는 소리가 났다. 들릴락 말락 들려오는 그 소리가 왠지 안정감마저 주는 듯했다. 그녀 역시 야성적인 조니 마티스를 떠올리며 '8분 안에 화장 끝내는 방법'에 대한 기사를 계속 읽어 내려갔다.

그레이스는 잔뜩 부푼 페티코트 원피스를 입어서 그런지 날씬한 몸매가 잘 드러났다. 가냘픈 소녀 같은 그녀에게 딱 어울리는 차림이었다.

장난기 넘치는 눈으로 주위를 둘러보던 그레이스는 순간 브루크와 시선이 마주쳤다.

"예술적으로 허리를 흔들어 대는 엘비스의 발끝에나 따라올 수 있겠어? 너의 조니는 그만 무대에서 내려와 옷이나 갈아입으러 가야 하지 않을까?"

구석에 있던 주디의 얼굴이 벌겋게 달아올랐다. 그 모습을 본 친구들은 한바탕 크게 웃었다. 그레이스는 눈을 치켜떴다.

"주디, 왜 이렇게 순진하니! 긴장 좀 풀어. 우리는 지금 1957년을 살고 있다는 거 몰라?"

그레이스는 최근에 발표된 엘비스 프레슬리의 노래를 흥얼거리면서 주디의 팔을 잡고 방 한가운데로 이끌었다.

베이비, 나는 당신의 사랑스러운 테디 베어가 되고 싶어요.
내 목에 체인을 걸고, 나를 어디로든 데려가 줘요.

그레이스는 마냥 즐거웠다. 등을 절벽처럼 꼿꼿하게 세운 채 자기 몸을 어떻게 가누어야 할지 몰라 당황한 주디를 어떻게든 움직여 보려고 애썼다.

그레이스는 분위기를 띄우려고 더 크게 노래를 부르다 노래에 흠뻑 취해 엘비스의 춤을 따라 하기 시작했다.

아, 당신의 테디 베어가 되고 싶어요.

브루크 또한 행복해 보였다. 그러다 갑자기 심각한 얼굴로 몸을 벌떡 일으켜 세웠다.

"그만해, 그레이스! 네가 엘비스 노래 부르는 걸 우리 엄마가 들으면 널 다시는 우리 집에 발도 못 붙이게 할 거야!"

주디는 그 틈을 타 얼른 그레이스한테서 손을 빼냈다. 엘비스는 브루크뿐만 아니라 대부분 품위 있는 집안 딸들에게는 금지된 가수였다. 일간지들은 엘비스가 몸을 선정적으로 흔들어 댄다며 비난했고 몇 주 전 〈타임〉 지는 길거리에서 그런 춤을 추면 당장 체포해야 한다는 제목을 내걸었다.

그레이스는 8월 초 무더운 날씨에 격렬한 춤까지 추느라 빨갛게 달아오른 두 뺨을 손으로 토닥거리며 식히다 말고 한마디 덧붙였다.

"조만간 여기서 엘비스 콘서트를 한다던데?"

브루크가 침대에서 벌떡 일어섰다.

"정말? 리틀록에서 말이야?"

그레이스가 대답했다.

"확실해. 몇 주 전인가 〈아칸소 가제트〉에서 봤어."

아칸소 가제트라는 말에 브루크, 도로시 그리고 주디 모두 몸이 굳은 것처럼 꼼짝하지 않았다. 마치 그레이스가 삭발을 하겠다고 선언한 것처럼 그녀를 뚫어지게 쳐다보았다.

"뭐? 아칸소 가제트? 흑인들이나 보는 신문 말하는 거야? 그레이스, 어떻게 그런 저질 신문을……."

주디의 말에 그레이스는 어깨를 으쓱해 보였다.

"걱정하지 마. 그런 형편없는 신문을 사는 데 한 푼도 낭비하진 않았으니까. 우리 집 가정부 미니가 기사를 오려 줬거든. 내가 엘비스 팬이라는 걸 알고."

그레이스는 주디를 향해 조롱 섞인 눈길을 던지고는 한바탕 큰 소리로 웃었다. 주디를 당황하게 하는 건 너무 쉬운 일이었다.

브루크는 안심이라는 듯, 한 손을 가슴에 가만히 갖다 댔다. 열다섯 번째 생일 선물로 엄마에게서 받았다는 에메랄드와 루비가 박힌

작고 섬세한 브로치가 그레이스의 눈에 들어왔다. 브루크 집에 도착하자마자 부러운 마음에 곁눈질하던 참이었다.

"정말 다행이야. 아주 잠깐이지만 네가 정신이 어떻게 된 건 아닌가 했거든. 어쨌든 내가 너라면 그 기사는 믿지 못할 것 같은데. 완전 엉터리 기삿거리만 모아 놓은 신문이잖아."

도로시는 읽고 있던 잡지를 덮고 갈색 귀걸이를 달랑거렸다. 아칸소 가제트는 얼마 전 유색 인종 권리 향상을 위해 모인 NAACP*의 지부장으로 선출된 흑인 활동가, 맥신 테이트가 발간하는 신문이었다.

"아빠가 그러시는데 그 맥신이란 작자가 국가 통합을 방해하는 아주 위험한 사람이라고 하더라. 고발해야 할 정도래."

브루크도 한마디 거들었다.

"동감이야. 그런 깜둥이는 당장 잡아들여야 한다니까. 너희들 생각나지? 3년 전인가? 브라운인지 뭔지 하는 거 있었잖아?"

"정확히 말해 '브라운 대 토피카 교육 위원회 판결'*이라고 하는데, 우리 부모님 세대에게는 당연히 가장 익숙한 판결일 거야."

***NAACP** National Association for the Advancement of Colored People의 약자로 전미 유색 인종 촉진 동맹 또는 전미 유색 인종 지위 향상 협회라고 한다. 1909년에 설립되어 미국에서 가장 오랜 역사를 자랑하는 대표적인 흑인 인권 단체다. 설립 이후 모든 미국 대통령들이 이 단체를 한 차례 이상 방문했을 정도로 영향력이 크다.

***브라운 대 토피카 교육 위원회 판결** 1951년, 캔자스주 토피카에 사는 올리버 브라운은 여덟 살 딸이 가까운 학교에 다닐 수 있도록 전학을 신청했으나 피부색이 다르다는 이유로 거부당하자 소송을 한다. 1954년 5월 17일 대법원은 아무리 같은 시설과 교육을 제공한다고 해도 인종을 분리한다는 것 자체가 차별이라며 '공립 학교의 인종 분리는 위헌'이라는 결정을 내렸다.

나머지 세 명도 도로시와 같은 의견이었다. 미국의 최고 사법 기관인 연방 대법원 판결은 절대 잊히지 않을 대지진을 일으킨 셈이었다. 판결 명이 무엇이든 상관없이 말이다.

브루크는 관자놀이 쪽으로 검지를 돌리며 말했다.

"완전 정신 나간 거지. 깜둥이들이 감히 우리와 같은 학교에 다닐 수 있다는 건지 뭔지. 웃기지도 않다니까."

도로시가 옆에서 거들었다.

"어떻게 그런 미친 소리를 주장하면서 설득하겠다는 거지? 이미 과학적으로도 백인이 모든 면에서 우수하다는 사실이 입증되었는데 말이야. 그럼 끝난 거 아닌가?"

"그 사람들 뇌 생김새만 봐도 알 수 있잖아.* 깜둥이들은 완전히 술과 섹스에 중독되고, 야만인들처럼 시끌벅적하다니까. 그러니 우리 노예로 살아온 게 당연할 수밖에."

브루크는 한숨을 내쉬었다.

"이런 얘기하니, 덥다 더워. 다들 목마르지? 마르타한테 오렌지 주스나 가져다 달래야겠다."

그녀는 마르타를 떠올리며 낄낄거렸다.

"그래야 걔도 뚱뚱한 엉덩이를 들썩일 기회를 얻지."

* 두개골의 형태가 인간의 성격과 심리적 특성을 반영한다는 골상학은 인종 차별주의자들이 인종 간의 우열 구분을 정당화하는 데 많이 이용되었다.

몰리는 냉장고 문을 열다 문에 붙여 놓은 달력 종이가 또 떨어졌다는 걸 깨달았다. 자석이 하나밖에 남지 않아 툭하면 바닥에 나뒹굴곤 했는데, 바람이 조금 세게 불면 부엌 반대편까지 날아가기도 했다. 그녀는 재빨리 타일 바닥을 살폈지만 아무 데도 보이지 않았다. 가구 밑으로 미끄러져 들어간 것 같았다.

몰리는 어깨를 으쓱했다. 그러고는 고개를 숙여 냉장고 안의 우유병을 집어 들었다. 병 안엔 오트밀 한두 알 적실 만큼의 양만 남아 있었다.

주황색과 갈색이 섞인 체크무늬 벽지 위에 걸린 벽시계의 바늘이 6시 30분을 가리키고 있었다. 서두르면 식료품점에 다녀올 수 있는 시간이었다.

그녀는 엄마와 할머니에게 메모를 남겼다. 쉬리 할머니는 아빠가 떠난 후로 함께 살고 있다. 조금 있으면 두 분 다 일어날 시간이었다.

몰리는 부엌을 나서며 거실 구석에 떨어져 있는 달력 종이를 발견했다. 무릎을 꿇고 달력을 집어 들었다.

1957년 8월 20일.

이제 12일만 지나면 새로운 일이 벌어질 것이다. 두려움과 초조함에 몸이 떨렸다.

◆◇◆◇◆◇◆◇◆◇◆◇◆◇◆◇◆

몰리는 힘차게 걸어갔다. 그러다 골목길 안쪽 바닥에 아무렇게나 뒹굴고 있는 쓰레기통 두 개를 보고는 살짝 옆으로 비켜 걸었다. 콘비프 통조림과 콜라병 그리고 정체를 알 수 없는 음식물 쓰레기가 마구 쏟아져 나와 있었다. 그 주위로 푸른빛을 띤 왕파리들이 앵앵거리며 날아다녔다.

그때 마흔 살쯤 되어 보이는 백인 여자가 몰리 앞을 지나갔다. 주황색의 큼직한 꽃송이들로 장식한 예쁘장한 모자 때문인지 화려하면서도 어딘가 경박해 보이기도 했다. 그녀는 보란 듯이 손으로 코를 움켜쥐고는 몰리를 머리끝에서 발끝까지 쭉 훑었다. 그 눈빛만으로도 몰리는 그 부인을 불쾌하게 만든 게 쓰레기가 아니라는 것을 알 수 있었다.

몰리는 오른쪽으로 비스듬히 돌아 모교인 호러스맨 학교에 도착했다. 우중충한 건물 벽 때문인지 생기라고는 조금도 찾아볼 수 없었다. 왜 매번 도시 재건축 계획에서 학교가 누락되는지 이해할 수 없었다. 몰리는 교문 앞에 잠시 멈춰 섰다. 방학이라 그런지 학교는

버려진 건물처럼 더욱 스산하기만 했다. 지빠귀 한 마리가 밤나무 옆 철제 벤치 위에 내려앉아 부리를 치켜세웠다. 몰리가 빈스에게 처음으로 말을 걸었던 장소도 바로 이 나무 아래였다. 하지만 나무는 이미 병들어 죽어 가고 있었다. 곧 베어 낼 거라고들 했다.

몰리는 도저히 믿을 수 없었다. 정말 그 일이 자신에게 일어날까? 그런데 하루하루 시간이 지날수록 조금씩 현실로 다가왔다.

호러스맨 학교에 오는 것도 오늘이 마지막이다. 여덟 명의 흑인 친구들과 리틀록 센트럴 고등학교에 입학하게 될 날이 2주도 채 남지 않은 것이다.

백인들이 다니는 고등학교에 입학하게 되다니!

아칸소 신문에는 다음과 같은 기사가 실렸다. '선발된 아홉 명의 흑인 학생이 역사를 바꾸게 될 것이다.'

몰리는 오랫동안 백인 고등학교에 들어가기를 꿈꿔 왔다. 금지된 것에 대한 호기심이었던 것도 사실이다. 그곳은 모든 것이 탁 트이고, 깨끗하고, 멋있어 보였으니까.

리틀록 센트럴 고등학교는 아칸소주에서 꽤 이름이 알려진 고등학교였다. 과학 실험실, 언어 학습실, 심지어 가정 수업을 위한 주방 시설까지, 수업에 필요한 최신 설비들을 모두 갖추고 있었다. 선생님들의 실력은 당연히 뛰어났고, 로즈 장학금* 혜택을 받는 학생도 여럿이라고 했다.

***로즈 장학금** 매년 미국·독일·영국 연방 국가의 학생 약 85명을 선발해 영국 옥스퍼드 대학교에서 무료로 공부할 기회를 주는 제도로, 세계에서 가장 명예로운 장학금 중 하나로 인정받는다.

한마디로 그녀가 다니던 학교와는 비교할 수 없을 정도였다.

지빠귀가 나무 위로 날아올랐다. 몰리는 생각에 잠긴 채 계속 걸었다. 그녀는 지금 자신이 처한 상황이 매우 위험하다는 것을 잘 알고 있었다. 흑인들의 삶은 놀랄 만큼 부당함으로 얼룩진 삶이었다. 백인들은 어떻게든 현 상황을 유지하고, 끝까지 흑인들을 발아래 두고 지배하려 했다.

법은 80년째 당당하게 외치고 있었다. '분리하되 평등하게!' 말도 안 되는 소리다. 하지만 학교뿐만이 아니라 이런 경우는 얼마든지 찾아볼 수 있었다. 상점 내에 흑인들을 위한 화장실을 마련한다고? 어두침침하고 지저분한 복도 끝에 잘 보이지도 않는 화장실을 찾을 수 있기라도 하면 다행이겠지. 흑인들을 위한 식수대라고? 한 번도 청소한 적이 없어 시커먼 이끼가 잔뜩 낀 식수대라면 모를까.

도대체 누가 이런 법을 만든 걸까? 손가락 하나 까딱하지 않고 법의 가치를 아예 짓밟아 버리려는 의도가 아니라면 말이다.

어쩌면 몰리는 흑인도 백인과 똑같은 권리를 누려야 한다는 할머니의 말을 어릴 때부터 늘 듣고 자랐기 때문에 3년 전, 센트럴 고교에 진학하겠다고 결심했는지도 모른다.

그때의 기억이 아스라이 멀게만 느껴졌다. 비현실적이기까지 했다. 몰리가 열두 살이 되고 반년이 지난 때였다.

사실 그날, 그녀는 센트럴 고등학교에 입학하는 것에 대해 특별한 관심은 없었다. 역시나 인종 차별주의자들은 이런 일이 일어나도록 결코 내버려 둬선 안 된다고 결심한 사람들처럼 다들 들고일어나 항

의했다. 하지만 몰리는 그 일이 절대로 실현되지 못할 거라고 여겼기 때문에 굳이 엄마나 할머니에게 알릴 필요가 없다고 판단했었다.

시간이 지나면서 그때의 일을 모두 잊고 있었다.

8월 초, 한 통의 전화가 걸려 오기 전까지는 까맣게 잊은 채 지낸 것이다. 엄마는 전화를 받고 아무 말 없이 듣고만 있었다. 몰리는 그런 엄마의 모습을 보며 무슨 일인지 궁금했다. 아빠의 숨겨 둔 아이가 갑자기 나타나기라도 했나? 그레이스 켈리와 모나코 왕자가 이혼했나? 소련하고 분쟁이라도 일어난 건가? 물론 이번이 몇 번째인지는 잘 모르지만.

엄마는 조심스럽게 수화기를 내려놓고는 몸을 돌려 딸을 바라보았다. 검은 눈동자가 마치 아득하게 깊은 터널 한쪽 끝에 서 있는 이의 눈처럼 보였다.

이어 몰리가 한 번도 들어보지 못한 목소리로 엄마가 말했다. 리틀록 센트럴 고교 입학 지원서가 접수되었다고 했다. 몇몇 흑인 학생들과 함께 9월에 입학하게 되었다고.

말을 끝마치자마자 엄마는 그 자리에서 폭발해 버렸다.

"우리한텐 도대체 언제 알려 주려고 한 건데? 네 결정으로 어떤 일이 벌어질지 상상은 해 본 거야? 우리 모두를 위험에 빠뜨릴 거라는 걸 알긴 하니?"

몰리는 입이 다물어지지 않았다. 뭐라고? 그러니까 그 오래전의 일이 그냥 떠도는 정치인들의 농담이 아니었단 건가? 그런데 왜 지금 이 얘기가 나오는 거지?

"우리 쪽 사람들이 얼마나 몹쓸 짓을 당했는데 그러니……. 이 철부지야!"

엄마는 울부짖었다.

엄마의 비명에 몰리는 거실 바닥에 그대로 주저앉았다. 두툼한 초록색 카펫이 깔려 있는데도 충격이 느껴졌다. 엄마가 이렇게 공포에 질려 화를 낼 거라고는 생각도 못한 일이었다. 그제서야 그녀도 덩달아 겁이 덜컥 났다.

말 한마디를 잘못해서, 혹은 삐딱하게 쳐다봤다는 이유만으로도 사법 기관의 암묵적인 용인하에 싸늘한 시선을 받으며 무지막지하게 구타를 당했던 흑인 피해자들에 대한 이야기가 떠올랐다. 그제야 자신이 어떤 일을 벌였는지 분명해지면서 끔찍한 공포에 휩싸였다.

"불쌍한 내 아가, 우리 강아지."

엄마는 그 말만 되풀이할 뿐이었다.

◆◇◆◇◆◇◆◇◆◇◆◇◆◇◆◇◆

몰리는 벌써 10분도 넘게 식료품 계산대 앞에 서서 자기 차례를 기다리고 있었다. 가게 주인인 존 스미스는 몰리 다음에 들어온 백인 손님 두 명의 비위를 맞추느라 연신 굽실거리며 혹시 배달해 주길 원하는지, 아삭아삭하고 달콤한 사과 맛을 좀 보라면서 수다를 떠는 데만 정신이 팔린 모습이었다. 뚱뚱하고 몸집이 큰 그는 백인들에게 친절한 딱 그만큼 흑인들에게 못되게 굴었다. 일부러 흑인들을 괴롭히려고 흑인 주민이 많이 거주하는 이 마을로 이사 온 것 같았다.

마지막 손님이 가게 문을 닫고 나가자 그는 계산대 금고를 확인하기 시작했다. 몰리의 존재를 아예 무시하면서 동전들을 가지런히 정돈했다. 몰리는 가볍게 헛기침을 했다. 아무 반응이 없었다. 그는 이어서 두 번째 동전 칸을 정돈하기 시작했다.

"저기…… 안녕하세요?"

몰리가 기어들어 가는 목소리로 인사했다.

가게 주인은 험상궂은 얼굴을 치켜들었다. 몰리는 재빨리 다른 곳으로 시선을 돌렸다. 눈이 마주치면 상황이 더 악화된다는 것을 잘 알고 있었다.

"도대체 뭘 찾는데?"

그는 못마땅하다는 말투로 물었다.

"우유 한 병 주세요."

"돈은 있어? 외상은 안 돼. 깜둥이한테는 더더욱 절대로 안 돼."

그곳은 동네에서 하나뿐인 식료품점으로, 몰리네 가족이 10년도 넘게 장을 보는 가게였다. 몰리는 언제나 그때그때 값을 치렀고, 그도 그 사실을 잘 알고 있었다. 몰리는 재빨리 계산대 위에 45센트를 올려놓았다.

손으로 잔돈을 이리저리 흐트러뜨리던 그는 한껏 잘난 척하면서 아양 떠는 목소리로 속삭였다.

"어쨌든 안됐구나. 우유는 다 떨어졌어."

몰리는 믿을 수 없다는 표정을 지으며 그의 뒤쪽으로 보란 듯이 진열된 우유병들을 뚫어지게 바라보았다. 어림짐작으로도 열 병은 넘어 보였다.

“그런데 저기…….”

그는 손바닥으로 철판 계산대를 힘껏 내리쳤다.

“귀먹었어? 우유는 없다고!”

몰리는 잔돈을 움켜쥐고 다시 동전 지갑에 쑤셔 넣었다.

“얘 좀 봐. 사람 말도 제대로 못 알아들으면서 우리 애들이 다니는 학교에 어떻게 들어오겠다고. 말이 되는 소리를 해야지.”

몰리가 가게를 나오자 문에 달린 종이 달랑거렸다. 물론 이런 모욕을 당하는 게 처음은 아니었다. 그렇다고 아무렇지도 않은 척할 수는 없었다. 할머니라도 그랬을 것이다.

몰리는 빈 바구니를 들고 터벅터벅 걸어 집으로 향했다. 오늘 아침 식사는 우유 없이 해야겠지. 어쩔 수 없다.

몰리는 손목시계를 보았다. 7시 5분이었다. 지각하지 않으려면 서둘러야 했다.

그녀는 인도 위를 힘껏 뛰다 한 노인이 그녀를 가로막는 바람에 멈춰 섰다. 더운 날씨에도 노인은 두툼한 스웨터를 걸치고 있었다. 어깨 쪽에 난 구멍이 눈에 들어왔다.

‘왜 나이 든 사람들은 늘 추위를 타는 거지?’ 몰리는 어느새 땀을 흘리며 속으로 중얼거렸다. 노인이 물었다.

“네가 그 학생들 중 하나가 맞니?”

그는 대답을 기다리지도 않고 덧붙였다.

“너로구나. 신문에서 본 얼굴이야. 그 기사를 오려 두었는데.”

그는 몰리의 한쪽 팔을 잡고 세차게 흔들었다. 나이를 짐작할 수 없을 정도로 힘이 셌다.

"거기 가지 마라. 알겠니? 학교에 갈 수 있는 것만 해도 어딘데! 알겠어?"

몰리는 겨우 팔을 빼낼 수 있었다. 무슨 말인지 잘 이해하지 못하겠다는 듯 중얼거리며 몇 발자국 뒤로 물러섰다. 그러고는 반대편으로 등을 돌려 달리기 시작하자 뒤쪽에서 크게 외치는 소리가 들려왔다.

"그랬다간 너도 기어이 엽서에 남을 거야."*

몰리는 허공에서 두 발을 버둥대며 가로등에 목을 맨 자신의 모습을 상상했다. 미친 늙은이 같으니라고!

그녀는 온 힘을 다해 달리기 시작했다. 빨리 집에 가고 싶은 생각밖에 없었다. 아무도 마주치고 싶지 않았다. 보름 전 센트럴 고교에 입학한다는 발표가 나간 뒤로 그녀의 일상은 완전히 달라졌다. 우선은 거리에서 마주치는 사람들한테 매번 한마디씩 들어야 했다.

마을 전체가 그 이야기뿐이었다. 라디오, 텔레비전, 신문 할 것 없이 저마다 이번 사건에 대해 끊임없이 지지자들을 내세우고 입맛에 맞게 법 조항을 해석하고, 이번 사건으로 빚어질 끔찍한 결과들을 떠들어 댔다. 1920년대에 일레인이나 털사에서 그랬던 것처럼 피

* 1920년대 미국 남부에서는 백인이 흑인을 집단 폭행하고 살해하는 일이 종종 일어났다. 백인들은 옷을 멋지게 차려입고 시체 앞에서 즐거운 표정으로 사진을 찍었고, 이렇게 찍은 사진을 엽서로 만들어 친지들에게 보내기도 했다.

비린내 나는 폭동의 조짐이 감돌았다. 상점과 거리에는 음산하면서도 무겁고 팽팽한 긴장감이 감돌았다. 흑인이 운영하는 가게들은 툭하면 약탈당하고 차들은 불 탔다. 잡초 하나 없이 깨끗하게 깎인 잔디 위에는 백인 아동의 권리와 인종 분리 정책을 옹호하는 팻말들이 넘쳐 났다.

몰리는 열쇠를 꽂아 넣고 집 안으로 서둘러 들어갔다.

베이컨 굽는 고소한 냄새가 그녀의 코끝을 간지럽혔다. 엄마가 일어난 게 분명했다.

“저 왔어요!”

몰리는 현관문을 소리 내어 닫으며 외쳤다.

그러고는 반사적으로 전화기를 힐끔 쳐다보았다. 보름 전부터 달라진 게 또 하나 있는데, 바로 시도 때도 없이 전화벨이 울리는 것이었다. 몰리의 결정을 전적으로 지지한다고 응원하는 친구들도 있었고, 싸늘한 말투로 비난하는 친구도 있었다. 때로는 전혀 모르는 사람이 전화를 걸어 끈질기게 협박하고 욕설을 퍼붓기도 했다. 전화를 받기 전에는 누가 걸었는지 알 수 없다는 게 제일 곤혹스러웠다.

몰리는 거실 탁자에 놓인 신문 옆에 열쇠를 올려놓았다. 신문은 엄마가 조금 전 현관 계단에서 가져왔을 것이다. 〈아칸소 가제트〉에는 열한 살 된 소녀가 백인에게 폭행을 당했다는 기사가 대문짝만하게 실려 있었다. 차라리 신문을 읽지 않는 편이 낫다는 걸 잘 알지만, 어느새 눈은 기사를 훑고 있었다.

‘아이는 여전히 충격에서 헤어나지 못하고 있다. 온갖 욕설을 퍼붓고 구타한 가해자는 감히 백인 학생들 학교에 입학하겠다는 깜둥이들에게 본때를 보여 주기 위해 경고한 거라고 진술했다.'

몰리는 신문을 접었다. 처음 열일곱 명이었던 지원자가 아홉 명으로 줄어든 건 어쩌면 당연한 일이었다. 그녀 역시 주저했다. 하지만 결국 자신의 선택을 밀고 나가기로 마음먹었다. 그런 좋은 학교에서 공부할 기회를 놓치고 싶지 않았다. 설사 희생을 감수해야 한다고 해도 말이다.

게다가 처음에는 크게 놀랐던 할머니와 엄마도 결국은 그녀의 결정에 힘을 보태 주기로 했다.

"그렇게 결정했다면 우리는 네 편이란다."

할머니와 엄마는 그렇게 그녀를 응원해 주었다. 반면 아빠는 계속 전화를 걸어 그만두는 게 좋겠다고 설득했고, 조심하라고 했다.

몰리는 부엌문을 밀었다. 엄마는 치커리 차를 앞에 두고 식탁에 앉아 있었다. 접시에 달걀 부스러기가 흩어져 있는 걸 보니 아침 식사를 거의 끝낸 듯했다. 그녀는 몰리에게 미소를 지어 보였다. 몰리의 마음이 누그러졌다.

"우리 강아지, 잘 잤어? 우유 사 왔니?"

몰리는 고개를 저었다.

"아뇨. 다 떨어졌대요."

"정말? 7시밖에 안 됐는데?"

엄마는 눈썹을 찌푸렸지만 더는 묻지 않았다. 몰리는 하루 일정 얘기로 화제를 돌렸다.

"엄마, NAACP 모임에 데려다 줄 수 있어요?"

엄마는 흔쾌히 고개를 끄덕였다.

"물론이지. 같이 가자."

그녀는 자리에서 일어나 커피포트를 가지러 가다 웃으면서 딸의 어깨를 감싸 안았다.

"좀 줄까?"

"아뇨."

몰리는 치커리 차를 별로 좋아하지 않았다. 왜 엄마는 아침마다 똑같은 걸 묻는 건지. 엄마는 갈색빛이 도는 차를 찻잔에 부으며 한마디 했다.

"맥신 테이트하고 다른 NAACP 회원들도 너희를 격려해 주겠다고 모인다니 다행이긴 한데, 그 교장은 정말 고약하더라."

몰리는 반들반들한 비닐 식탁보에 인쇄된 르로이 톰슨 씨의 날카로운 얼굴을 내려다보았다. 전날 센트럴 고등학교 입학 준비 모임에서 그는 분명히 밝혔다. 자신은 인종 통합 정책에 반대하지만, 법에 따르기 위해 어쩔 수 없이 이런 자리를 마련했을 뿐이라고 말이다. 만일 아홉 명 중 한 명이라도 생각을 바꾸고 싶으면 조금도 머뭇거리지 말라는 말도 덧붙였다. 냉정해 보이는 교육 대표자는 이렇게 처음부터 못을 박았다.

"또한 흑인 학생은 학과 외 활동이나 동아리 활동에 절대 참가할 수 없으니 기대도 마세요. 통합 정책은 정규 수업에만 해당하니, 이를 꼭 명심하시기 바랍니다."

엄마는 시리얼 박스를 식탁보 위에 올려놓았다. 그제야 교장의 얼굴이 가려졌다. 엄마에게 고맙다는 인사를 하고 몰리는 조용히 그릇에 시리얼을 담았다.

이어 귀리 시리얼 위로 건포도를 한 움큼 뿌리면서 씁쓸하면서도 흥미로운 얼굴로 아홉 명의 흑인이 5백 명의 백인들 사이에서 눈에 띄지 않게 녹아들기를 바랐다.

그녀는 다시 건포도 한 줌을 집어 그릇에 떨어트렸다. 그래, 많을수록 좋겠지.

쉬리 할머니가 즐거운 목소리로 〈하느님의 은총이 함께 하시길〉을 노래하듯 읊으며 부엌으로 들어왔다. 흰 잠옷 가운을 걸친 모습이 마치 성당 성가대에서 노래하다 온 사람 같았다.

몰리는 할머니를 향해 씽긋 웃어 보였다. 그러면서 할머니가 진실을 말해 주기를 기대했다. 왜냐하면 하느님이 이미 아주 오래전부터 백인들을 편애하는 것 같았기 때문이다.

브루크네 집에 놓인 큼직한 마호가니 목제 테이블이 어찌나 반들거리는지 그레이스는 그 위로 얼굴도 비칠 것 같다고 생각했다.

그녀 옆에는 백인 어머니회 회원들이 모여 브루크의 엄마인 카트린느 샌더의 연설에 귀를 기울이고 있었다. 센더 부인은 마치 협회장의 임무가 그녀 삶의 전부인 듯 열정적으로 말했다. 멋을 내 말아 올린 머리가 풀어져 있는데도 모양새를 바로 잡을 시간이 없었다.

"이제 개학까지 일주일 정도밖에 남지 않았습니다. 지금 당장 우리가 손을 쓰지 않는다면 우리 아이들을 안전하게 보호할 수 없습니다. 어떻게 센트럴 고등학교에 깜둥이들을 아홉 명이나 들어오도록 허용할 수 있단 말입니까? 어떤 일이 벌어질지 상상해 보세요. 깜둥이들이 우리 아이들이 사용하는 변기에 앉고, 우리 아이들의 포크와 나이프를 쓴다는 게 말이 되나요? 우리 아이들을 난폭한 그 아이들과 함께 생활하도록 놔두고 지저분한 질병에 그대로 노출시킬 수는 없어요!"

참석자들은 차를 마시면서 한마디 말이 끝날 때마다 조금은 어색하게 호응하거나 '하느님 아버지!' 하고 중간중간 읊조리며 분개했다.

샌더 집안의 가정부인 마르타는 이따금 빈 잔에 음료수를 따르거나 카펫에 떨어진 과자 부스러기를 주웠다.

그레이스는 흑인들에게 특별한 연민을 느낀 적이 없었지만 안주인이 눈앞에서 모욕적인 연설을 늘어놓고 있는데도 어떻게 아무렇지도 않은 듯 행동할 수 있는지 놀라웠다. 자기라면 무척이나 자존심이 상했을 텐데. 마르타는 무표정한 얼굴로 묵묵히 맡은 일에만 몰두했다. 마르타의 관자놀이에 땀방울이 송송히 맺혔다. 워낙 날이 후덥지근해 선풍기조차 별 소용이 없어 보였다.

"그런데 앞으로 우리는 어떻게 할 거죠?"

분홍빛 아이섀도를 칠한 작은 몸집의 여자가 눈을 연신 깜박이며 투덜거렸다.

꼭 끼게 입은 블라우스 안에 갇힌 그녀의 가슴이 터질 듯했다. 그레이스는 테이블에 둘러앉은 사람들 모두가 자기처럼 그녀의 블라우스 위에 떨어진 머핀 부스러기를 응시하는 것만 같았다.

"그래요. 구체적으로 어떻게 대처할 생각인 거죠?"

여자들이 돌림 노래라도 부르듯 연이어 물었다.

샌더 부인이 손뼉을 쳐서 주의를 집중시켰다.

"여러분 생각을 말해 주세요. 지난 몇 주 동안 여러 차례 회의에서 논의한 대로 아주 주도면밀하게 행동해야 합니다."

테이블 반대쪽에 있는 브루크는 그레이스에게 동조의 미소를 보냈다. 그레이스는 티파티를 겸한 이번 회의가 그다지 내키지 않았지만 브루크의 성화에 못 이겨 끌려온 것이었다.

"설마 깜둥이 옆에서 공부하고 싶은 건 아니겠지?"

브루크에 이어 도로시가 한마디 덧붙였다.

"게다가 밥을 같이 먹는다고? 우리 학교에서 걔들이 차지할 수 있는 유일한 자리는 카페테리아지. 계산대 바로 뒤뿐이지만 말이야!"

그레이스는 브루크의 멋진 오빠, 쉐우드를 한 번이라도 더 보고 싶은 마음에 참석한 것이었다. 많은 여자애들의 소원은 어떻게든 쉐우드와 데이트를 하는 것이었다. 이번처럼 엄마 이름을 팔아서라도 말이다. 쉐우드가 연말 파티 파트너로 초대할 여학생은 다른 그 누구도 아닌 바로 그레이스 앤더슨이어야 했다.

샌더 부인이 말을 이었다.

"아주 간단해요. 이번 공립 학교 내 인종 분리법 철폐안을 막으려면 우리 아이들의 안전이 위협받고 있다는 사실을 증명해야 합니다."

한 여자가 흥분한 목소리로 소리쳤다.

"아니, 그건 벌써 다 아는 사실 아닌가요! 그 깜둥이들 몸에 어떤 벌레들이 득실거리는지 알 게 뭐예요! 내 딸이 피해를 보도록 내버려 둘 순 없다고요!"

"어떤 끔찍한 질병에 걸릴지도 모를 일이고요."

다른 한 여자는 말을 마치자마자 자글자글 주름진 조그만 입술 안쪽으로 비스킷 조각을 넣었다.

그레이스는 마르타가 오렌지 주스를 따를 수 있도록 한 걸음 물러섰다. 그레이스네 집에도 흑인 가정부인 미니가 있었다. 미니는 그레이스가 아주 어릴 때부터 잠을 재워 주고, 옷을 갈아입혀 주고, 같이 놀아 줬지만 한 번도 유모 때문에 전염병에 걸린 적은 없었다. 심지어 그레이스와 미니 사이에는 암묵적인 약속이 존재했다. 아니 단순한 약속보다 더 끈끈한 어떤 것이 있었다. 그것은 바로 우정이었다.

샌더 부인은 머리를 끄덕이더니 대답했다.

"저도 여러분 생각과 같습니다. 그런데 법적으로 대응하려면 그것만으로는 부족합니다. 학교가 그 아이들을 받아들이면 오히려 폭동이 일어날 거라는 사실을 증명하는 게 중요합니다. 학생들 스스로 무기를 구해 9월 3일 개학 날 학교를 완전히 피투성이로 만들어 버리겠다고 벼르고 있다는 걸 알려야 합니다."

그레이스는 고개를 들었다. 샌더 부인은 조금 전 연설이 청중을 움직이고 있다는 것에 아주 흡족한 표정을 지어 보였다.

짧은 침묵에 이어 부엌 전체가 웅성거리기 시작했다.

샌더 부인은 조용히 하라는 의미로 은 종을 쳤다.

"아칸소주 법원의 리드 판사에게 우리의 의견을 전달할 계획입니다. 그와 동시에 우리 협회를 지지하는 모든 어머니들께 통합 정책의 위험을 경고하는 일에 적극적으로 협조해 주실 것을 부탁하는 바입니다. 후원금은 현금으로 내시거나 계좌로 송금해 주시면 고맙겠습니다."

그녀는 잠시 뜸을 들였다가 마지막 발언을 했다. 속으로 매일 되새기던 말이었다.

"만일 우리가 지금 행동하지 않으면 그 아이들은 우리 딸들과 결혼을 하겠다고 덤빌 거예요. 그러면 여러분은 깜둥이 피가 흐르는 손자 손녀를 키워야 할지도……."

그레이스는 마르타의 눈빛을 보았다. 그녀의 시선이 오래전부터 시중을 들고 있는 안주인을 힐끗거리고 있었다. 그 눈빛에는 불안감이 깃들어 있었다. 희망을 잃어버린 자의 눈빛이었다.

그레이스는 오렌지 주스를 한 모금 마셨다. 끔찍하게 무더운 날씨였다. 이 지루한 회의는 도대체 언제나 끝날는지! 그녀에게는 더 급한 일이 있었다.

◆◇◆◇◆◇◆◇◆◇◆◇◆◇◆◇◆

그레이스는 허리에 두 손을 얹고 옷장 선반들을 빤히 쳐다보았다. 이제 5일만 지나면 개학인데 무슨 옷을 입고 갈지 아직도 결정하지 못했다. 인기를 결정짓는 데 첫인상이 무엇보다 중요하다는 걸 잘 알고 있었다. 그만큼 모든 가능성을 이날에 걸어볼 마음이었다.

그녀는 고모가 선물해 준 스웨터를 펼쳐 보았다가 침대 위에 던졌다. 9월 초 날씨에 앙고라 스웨터를 입을 수는 없었다. 텍사스 농부를 연상시키는 빨간색도 내키지 않았다. 게다가 땀까지 날 텐데.

그레이스는 옷걸이를 차례로 툭툭 넘기며 블라우스를 골랐다. 파란 블라우스가 제일 마음에 들었지만 이미 입고 간 적이 있으니 포기했다. 밝은 초록색 포플린 블라우스는 어떨까. 옷을 몸에 대고 거울 앞에서 빙그르 돌아 보았다.

"칫, 별로네."

그것도 옷더미 위로 던졌다.

"부르주아 행세하는 가정부 같은걸. 홍차를 홀짝거리는 노부인 같기도 하고."

한 시간이 넘도록 고민하다 결국 하얀 페티코트 치마와 몸에 딱 붙는 얇은 스웨터로 정했다. 날씬한 허리를 드러내고 싶었다.

거울 앞에서 몸을 이리저리 비춰 보다 갑자기 도로시의 몸매가 떠올랐다.

"걔는 코가 완전히 휘었잖아. 본인은 전혀 신경 쓰는 것 같진 않지만. 하긴 남자애들은 그 애 가슴만 쳐다보니까."

그레이스는 가슴을 강조하려고 브래지어 양쪽에 불룩하게 패드를 넣었다. 씁쓸하지만 어쩔 수 없는 일이었다. 그녀는 한쪽 다리를 들고 종아리를 보았다. 좀 더 짧게 입어 날씬한 다리를 드러낼 수 있으면 좋으련만. 패션 잡지에서나 볼 수 있는 그런 예쁜 종아리인데. 여기에 나일론 스타킹을 신으면 얼마나 더 매력적일까. 하지만 그건 꿈에서나 가능한 일이다. 그레이스는 길게 한숨을 내쉬었다. 만약 그런 모습을 본다면 엄마가 질색하겠지. 엄마가 원망스러웠다.

"뭐 스타킹이라고? 절대로 안 돼. 화장은 해도 좋다고 했잖아. 그것만으로도 충분해. 나머지는 네가 열여섯 살이 되면 다시 얘기하자."

그레이스는 스위트 식스틴* 전에 꼭 스타킹을 신으리라 다짐했다. 그래서 멋진 쉐우드를 차지하고 말겠다고 마음먹었다.

그녀는 미니의 목소리에 정신이 번쩍 났다. 미니가 얼마 동안이나 문을 두드렸는지 몰랐다.

"아가씨, 아가씨!"

그레이스는 허둥거리며 문을 열었다.

"무슨 일이야?"

"브루크 아가씨 전화예요. 빨리 바꿔 달라고 해서요. 꽤 흥분한 것 같던데요."

미니는 그레이스의 어깨 너머로 방 안을 흘깃 살폈다.

"아니, 이게 다 어떻게 된 거예요?"

그레이스는 씩 웃으며 그야말로 패션쇼 장으로 변해 버린 방의 문을 세게 닫았다.

"내가 나중에 정리할게."

그레이스는 맨발에 잠옷을 반쯤 걸친 채 정신없이 층계를 뛰어 내려갔다. 미니는 그 모습을 물끄러미 바라보았다. 지난 15년이 너무나 까마득하게 느껴졌다. 그러면서 자기 자신은 언제 열다섯 살이던 시절이 있었나 돌이켜 보았다.

그레이스는 수화기를 집어 들었다.

"여보세요? 브루크니?"

***스위트 식스틴** 소녀들의 열여섯 번째 생일을 뜻하는 표현으로, 미국에서는 청소년에서 성인으로의 이행을 기념하는 성년식의 의미가 있는 매우 중요한 행사다.

"그레이스? 그래 나야! 너 소식 들었어?"

그레이스는 눈썹을 찌푸렸다.

"무슨 소식?"

"인종 분리 정책에 반기를 드는 그 통합 정책인지 뭔지! 그런데 넌 아침부터 뭐 하느라 전화를 늦게 받아? 동굴 안에 틀어박혀 명상이라도 한 거야?"

'그런 셈이지.' 그레이스는 속으로 생각했다. 브루크는 이번 소식이 얼마나 중요한지를 속사포처럼 쏘아 댔다.

"무슨 일인데?"

"협회가 드디어 뭔가를 해낼 것 같아! 리드 판사가 판결을 내린다더라."

그레이스는 일이 어떻게 돌아가는지 정확하게 이해하지 못했지만 애써 알아듣는 척했다.

"정말? 그래서?"

"통합 정책에 반대하는 법률을 제정한 거지. 뭐긴 뭐겠어. 포버스 주지사도 협회의 주장을 지지하는 발언을 했대. 우리 엄마는 정말 대단하다니까. 엄마가 남자였다면 카리스마 넘치는 정치인이 되고도 남았을 거야."

"그래서 통합 정책이 완전히 철회된 거야? 아니면 잠시 중단된 거야?"

"그건 나도 잘 몰라. 어쨌든 앞으로 몇 년간은 조용히 지낼 수 있을 것 같아. 적어도 내일 당장 교실에 깜둥이들과 나란히 앉지 않아도 된다는 게 중요한 거고."

그레이스는 두 눈을 반짝이며 반들거리는 수화기를 붙들고 있는 브루크의 모습이 눈앞에 선했다.

"엄마가 이번 결정을 알리는 팸플릿을 인쇄했어. 집집마다 돌려야 해. 너희 동네는 네가 좀 맡아 줄래? 내일 시간 괜찮으면 갖다 줄게."

그레이스는 전화선 너머로 쉐우드의 목소리가 들리는 것 같았다. 이런 좋은 기회를 놓칠 수는 없었다.

"아니야, 기다려. 내가 가지러 갈게. 뭘 좀 사러 갈 게 있었거든."

맥신 테이트는 아홉 명의 흑인 학생들을 모임에 부를 때마다 너희 덕분에 리틀록도 신시내티처럼 흑인과 백인이 차별 없이 함께 공부할 수 있을 거라고 힘주어 말했다. 열네 살밖에 되지 않은 노르마 웰스는 감탄하는 눈빛으로 바라보았고, 그중 제일 나이가 많은 콘래드 비숍은 과연 그럴 날이 오겠느냐며 비아냥거렸다. 처형되지나 않으면 다행이라는 듯이 말이다.

맥신 테이트는 신념으로 가득 차 있었지만, 몰리는 여전히 두렵고 의심스러웠다. 그런 일이 정말 일어날 수 있을까? 1957년 이곳 아칸소에서.

그날 저녁 재판 결과를 듣고도 그다지 놀라지 않은 것은 그 때문이었다. 그녀는 텔레비전 전원 버튼을 눌렀다. 화면의 이미지가 멈추더니 빨려 들어가듯 사라졌다.

"자 자, 끝났어. 지난 한 달간은 희망에 부풀었던 것 같구나. 아무

일도 없었던 것보다는 낫지."

현실주의자인 엄마가 불쑥 말을 던졌다.

"이제 호러스맨 고등학교에 입학 수속을 밟으러 가야겠구나."

몰리는 입술을 지그시 깨물었다. 개학이 며칠 남지도 않았는데 들어갈 자리가 남아 있을지. 감히 백인들과 공부할 수 있을 거라고 믿었던 자신의 오만에 대한 대가를 치르지 않아도 되기만을 바랐다.

할머니가 통통한 두 팔을 내밀었다.

"아가야, 이리로 오렴."

몰리는 할머니에게 다가갔다. 그제야 안도의 숨을 깊이 쉴 수 있었다. 이제 통합 정책은 중단된 건가? 이게 더 나을지도 몰라. 이제 일상이 예전처럼 평화로워질 테지. 부당하지만 평온하게 지낼 수 있을 테고. 마음에 들지 않는 학교에 다녀야 하지만 그래도 죽여 버리겠다는 협박 전화는 받지 않을 테니까.

할머니의 포근한 품에 안겼지만, 가슴 한편에 실망이 몰려오는 것은 어쩔 수 없었다. 몰리는 속으로 중얼거렸다. 자신이 할머니가 되었을 때 손주들에게 왜 백인들과 함께 놀이공원에 갈 수 없는지 설명해야 하겠지. 정말 그러고 싶지는 않았는데.

몰리가 물었다.

"그들은 도대체 뭘 얻은 거죠? 왜 우리를 어떻게든 묶어 두려는 거예요? 우리가 두려운 것 아닌가요?"

"아마 그럴 거다."

할머니는 잠시 숨을 고르더니 말을 이었다.

"우리는 가까이 살아도 결코 함께 지낼 수는 없을 거란다. 우리는 서로를 이해하지 못해."

할머니는 말없이 손녀의 머리칼을 가만히 쓸어 주었다. 그러고는 덧붙였다.

"하지만 이 할미는 하느님을 믿는단다. 어쩌면 그분은 우리가 걸어가야 할 멀고 험난한 길을 이미 결정해 두셨는지도 몰라. 우리에게 귀한 선물을 좀 더 소중하게 받아들이도록 하려고 말이다."

몰리는 할머니를 꼭 껴안았다. 할머니와 생각이 다를 때도 있었지만 할머니의 긍정적인 생각이 마음에 들었다.

몰리는 주말 내내 방에서 꼼짝하지 않았다. 창밖으로 길게 늘어서 있는 자동차들을 물끄러미 바라보았다. 보름 전부터 그녀는 자신에게 엄청난 변화가 일어날 거라고 기대해 왔다. 연극을 보러 가고, 도서관에도 갈 수 있겠지. 버스에서는 어느 자리에나 앉을 수 있고, 백인과 마주쳐도 더는 고개를 숙이고 발끝을 쳐다보지 않아도 되겠지. 우리를 기다리고 있는 미래가 그저 백인 집안의 가정부로 끝나지 않을 수 있고, 우체국이나 전화국 직원보다 더 멋진 삶도 꿈꿀 수 있겠지. 흑인들에게도 모든 게 가능한 삶 말이다. 그런데 이제 모든 게 끝났다. 그런 꿈같은 일은 절대로 일어나지 않을 것이다. 절망감이 밀려들었다.

일요일 저녁, 다들 잠자리에 든 늦은 시간에 전화벨이 울렸다. 몰리는 엄마와 할머니를 깨우지 않으려고 신발도 신지 않고 부리나케 전화기 있는 쪽으로 달려갔다. 통합 정책이 중단된 후로 전화벨 소리가 예전처럼 두렵지 않았다. 온갖 욕설과 모욕적인 말을 내뱉는 협박 전화는 어느 정도 잠잠해졌다. 온종일 단 한 통의 전화만이 걸려왔을 뿐이었다.

"몰리니? 맥신 테이트란다."

몰리의 심장이 마구 두근거리기 시작했다. 왜 전화를 한 거지? 그녀의 목소리만 듣고도 단순한 안부 전화가 아니라는 것을 알 수 있었다. 게다가 늦은 밤에 아무렇지 않게 불쑥 전화를 걸 사람도 아니었다.

"절대로 예전 학교에 입학 서류를 제출해서는 안 돼. 우리 쪽 변호사들이 리드 판사의 판결에 항소하려고 준비 중이란다. 이번에는 연방 대법원에 제소할 계획이야. 어떤 경우에도 우리에게 불리할 이유가 없단다. 그러니 날 믿어 주렴. 너는 올해 반드시 센트럴 고등학교에 다니게 될 거야."

"그런데 개학이 내일모레 화요일인데요!"

"알고 있어. 조금 늦어도 문제 될 건 없단다. 지금으로서는 판결을 기다리는 게 중요해. 충분히 승산이 있어. 분명히 잘될 거야."

"어떻게 그렇게 확신하세요?"

몰리는 이 소식에 기뻐해야 할지 혼란스러웠다.

"공립 학교 내 인종 분리 정책을 고수하는 건 명백한 불법이야. 그러니 어떤 주도 거부할 수 없어. 지금은 그냥 조용히 집에 있으렴. 월요일은 노동절이라 하루 더 기다려 봐야 해."

몰리는 생각에 잠긴 채 수화기를 내려놓았다. 그러자 이제 겨우 익숙해지기 시작한 절망감이 슬며시 되살아났다. 다시 희망을 품을 수는 있겠지만 그만큼 또 고통받아야 한다. 자신의 삶이 소용돌이치는 것을 말없이 기다려야만 하는 걸까?

어깨에 누군가의 손이 와 닿았다. 깜짝 놀라 뒤를 돌아보자 엄마가 걱정스러운 눈빛으로 바라보고 있었다. 머리카락이 마구 헝클어져 있었다.

"무슨 일 있니?"

"맥신 테이트였어요."

몰리는 뜻밖의 일에 머뭇거리며 대답했다.

"아직 어떻게 될지 모른다고, 센트럴 고등학교에 갈 수 있을 거라고 했어요."

"오, 하느님!"

부엌 문턱에 서 있던 할머니가 큰 소리로 외쳤다.

할머니는 하늘을 향해 두 팔을 번쩍 들고는 하느님께 감사의 기도를 했다. 이윽고 축하하려면 뭔가 달짝지근한 게 있어야 한다며 냉장고를 뒤졌다.

◆◇◆◇◆◇◆◇◆◇◆◇◆◇◆◇◆

몰리는 해 지는 풍경을 가만히 바라보았다. 하늘은 주홍빛과 분홍빛이 뒤섞이며 물들어 가고 있었다. 거리 위로도 비현실적인 붉은

빛이 내려앉고 있었다. 커튼을 내리고 선풍기를 틀었다. 그러자 날개에서 윙윙거리는 소리가 나더니 이내 빠르게 돌아가기 시작했다.

몰리는 푹신한 소파에 몸을 던졌다.

"역시 집이 최고예요. 친척이 너무 많아도 피곤한 것 같아요."

할머니는 흔들의자에 앉아 미소 지으며 고개를 끄덕였다. 이번 노동절에는 몰리의 친척들이 한자리에 모였다. 삼촌, 이모, 사촌 들도 모두 참석했다. 개학을 앞둔 마지막 휴일이라 그런지 몰리의 짐작대로 통합 정책을 놓고 열띤 토론이 벌어졌다. 워낙 여러 일이 한꺼번에 일어나 다들 어느 장단에 맞춰야 할지 몰라 당황하는 눈치였다. 물론 가장 힘든 건 당연히 몰리였다. 언제 학교에 갈 수 있을지, 어느 학교에 가게 될지, 모든 게 불투명했다.

몰리의 사촌 마에는 크랜베리 케이크를 먹느라 끈적끈적해진 손가락을 빨아 먹으면서 물었다. 표정이 무척 놀란 듯했다.

"좋아, 통합 정책 좋지. 평등도 좋고. 그런데 왜 네가 해야 하는 건데? 너 대신 어떤 미친 흑인 하나가 희생하면 안 되는 거냐고!"

몰리는 아무 대답도 하지 않았다. 사실 그녀 자신도 그 이유를 알지 못했다. 결국 사촌의 말이 옳은지도 모른다. 왜 위험을 자초한 걸까? 우연이었나? 아니면 운명? 왜 그날 손을 들었던 걸까?

◆◇◆◇◆◇◆◇◆◇◆◇◆◇◆◇◆

"몰리, 뉴스 할 시간인데, 텔레비전 좀 켜 볼래?"

몰리는 텔레비전 쪽으로 다가가 스위치를 누르고 늘 그랬듯이 텔레비전 박스 오른쪽을 주먹으로 툭툭 쳐서 흔들리는 화면을 고정시키려고 했다.

"완전히 고물이라니까."

할머니가 중얼거렸다.

"이 고물 텔레비전을 빨리 바꿔야 할 텐데."

몰리는 텔레비전의 반대쪽을 주먹으로 쳤다. 할머니 말이 맞지만 지금 고장이 나면 정말 낭패였다.

그때 다행히 떨리던 화면이 멈췄다. 몰리는 평소와 다름없이 꼭두각시처럼 미소를 짓고 있는 아나운서를 보고 안심하며 소파로 돌아가 자리를 잡고 앉았다. 엉덩이를 겨우 소파에 걸쳤을 뿐 몸은 텔레비전 쪽으로 쏠려 있었다. 설사 연방 대법원이 공휴일인 노동절에 판결을 내리진 못할지라도 이번 일이 또 다른 도약의 발판이 될 수 있다는 것을 잘 알고 있었다.

몰리 뒤편, 식탁에 앉아 있던 엄마는 서류 정리를 막 끝냈다. 그녀는 이번 사건 말고도 다른 문제로 신경이 곤두서 있었다. 겨우 흑인 학교의 교사 자리를 구했는데, 내일이 개학이었다.

"오늘 첫 소식도 최근 몇 주 전부터 큰 관심거리로 떠오른 리틀록 센트럴 고등학교 입학 관련 문제를 다루겠습니다. 과연 아홉 명의 흑인 학생이 입학할 수 있을지 알아보려고 합니다. 사건의 추이를 되짚어 보기 전에 오발 포버스 주지사를 만나 보겠습니다. 전하고 싶은 말이 있다고 합니다."

"주지사라고? 그 사람이 이번 사건과 무슨 관계가 있어요?"

몰리는 소리를 질렀다.

"엄밀하게 말하면 아무 관련도 없지! 그러니 들어 볼 가치는 눈곱만치도 없을 테고."

엄마는 걱정스러운 표정을 지어 보이며 말을 이었다.

"공산주의자라는 비난을 받은 후로 저 사람은 어떤 공화당 파보다 더 보수적으로 변했다니까."

할머니는 흔들의자에서 일어나 텔레비전을 바라봤다. 의자는 여전히 흔들리고 있었다.

"쉿, 조용. 뭐라고 하는지 좀 들어 보자!"

"따라서 우리 주민들의 안전을 보장하기 위해 오늘 저녁 당장 주 방위군을 동원해서라도 아홉 명의 학생이 등교할 수 없도록 단호한 조치를 취하기로 했습니다."

몰리는 마치 아나운서를 공격하듯이 텔레비전을 향해 소리를 질렀다.

"뭐라고? 아직 판결도 안 나왔는데!"

"그러니까 저러는 거야. 이길 승산이 없으니까."

엄마가 대꾸했다.

"맥신 테이트는 우리한테 어떤 행동도 하지 말고 기다리라고 했는데……."

"쉿……."

"경찰 병력은 분리주의자나 통합주의자의 자격으로 그 자리를 지키는 게 아닙니다. 단지 그들에게 주어진 임무를 다하기 위해서죠.

만일 강제적으로 통합 정책이 시행된다면 센트럴 고등학교에 다니는 우리 학생들의 생명을 보호할 수 없을 뿐만 아니라 어떤 안전도 보장할 수 없다고 확신하는 바입니다."

몰리는 눈살을 찌푸리며 주지사의 얼굴을 뚫어지게 응시했다. 그 순간 씁쓸한 무언가가 속에서 차오르는 게 느껴졌다. 예전에는 한 번도 느껴보지 못했던 감정이었다.

그런 자신에게 놀랐고 자신이 낯설게 느껴지기까지 했다. 하지만 이것은 분노가 분명했다. 몰리는 치밀어 오르는 화를 주지사를 향해 쏟아 내고 싶었다. 쥐새끼처럼 생긴 끔찍한 얼굴에 몽땅 퍼붓고 싶었다.

그녀는 빈스가 했던 말이 떠올랐다. 그는 몰리네 가족을 찾아와 주는 유일한 친구로 어제는 책 한 권을 빌려 주러 왔다.

몰리는 가슴이 뭉클해져 그를 현관까지 바래다주었다.

그가 말했다.

"그들이 우리를 비난하고 욕하는 게 놀랍지도 않아. 그들은 우리를 끝까지 몰아붙였지만 우리가 저항한다는 사실에 놀라고 있는 거야. 그들이 완전히 착각한 거지. 우리가 그냥 참고만 있을 사람들은 아니거든."

빈스 말이 옳다. 포버스 주지사가 앞에 있다면 침이라도 뱉어 주고 싶었다.

"따르릉……."

전화벨 소리에 몰리는 소스라쳐 놀랐다. 갑자기 화가 솟구쳐 크게 소리쳤다.

"제가 받을게요."

그녀는 수화기를 들었다.

"이 깜둥이 년아! 우리가 드디어 너희 쥐구멍을 찾아냈어. 포버스가 경찰들을 동원할 필요도 없지. 내일 이 시간에 너희는 이미 죽은 목숨일 테니 각오하고 있으라고!"

몰리는 전화 수화기를 힘껏 내던졌다. 해도 해도 이건 너무했다.

엄마가 달려와서 전화기에 대롱대롱 매달려 있는 수화기를 제자리에 놓았다.

"아, 죄송해요."

몰리는 그제야 중얼거렸다.

그녀의 분노가 농익은 사과처럼 툭 하고 떨어졌다. 그 위로 피로감과 후회가 몰려왔다.

"누구한테 사과하는 거니?"

할머니가 물었다.

하지만 대답을 들으려고 한 질문은 아니었다. 할머니는 한동안 아무 말도 하지 않았다.

그날 저녁 할머니는 옷장 깊숙이 아마포 더미 속에서 가죽 가방 하나를 꺼냈다. 그 안에는 권총 한 자루가 들어 있었다. 할머니가 권총을 꺼내 든 모습은 처음이었다. 이윽고 할머니는 거실 흔들의자에 자리를 잡고 앉더니 조용히 기도문을 읊조리기 시작했다.

"자, 다들 가서 자렴."

할머니가 단호하게 말했다.

"에린, 내일은 중요한 날이잖니. 몰리, 너도 잠을 자 둬야지……."

할머니는 밤을 새울 기세였다. 몰리는 할머니가 무릎에 권총을 가만히 올려놓고 흔들거리는 의자에 앉아 있는 모습을 보면서 잠시 죄책감마저 들었다. 그저 정당하다고 느끼는 투쟁이 몰리의 마음속에 여러 가지 감정을 들끓게 했다.

◆◇◆◇◆◇◆◇◆◇◆◇◆◇◆◇◆

"5시니 곧 엄마가 오겠구나."

할머니는 풍만한 가슴팍 위로 작은 회중시계를 떨구며 말했다.

책을 읽던 몰리는 반사적으로 거실의 벽시계 쪽을 돌아보았다.

"오늘 첫 수업을 잘 치렀어야 할 텐데."

"저기 앞길까지 나가서 기다려야겠다. 너는 집에 있으렴."

"네…… 네……."

몰리는 책에 다시 빠져들며 중얼거렸다.

온종일 그녀는 빈스가 빌려 준 책 케루악의 소설, 『길 위에서』를 읽으려고 애썼다. 작가가 단지 3주 만에 36미터의 종이 두루마리에 써내려 간 소설이라고 했다. 일단 손에 잡고 읽기 시작하면 책에서 눈을 떼지 못할 거라고 했는데. 하긴 빈스는 마음이 혼란스럽지 않을 테니 편안히 책에 빠져들 수 있었겠지.

몰리는 소설의 줄거리를 따라가려고 애쓰다 결국 앞으로 다시 돌아가 읽기 시작했다. 그때 전화벨이 울렸다.

어찌나 책을 세게 움켜쥐었는지 손가락 마디가 핏기 없이 새하얗게 질릴 정도였다. 손으로 양쪽 귀를 틀어막았다. 하지만 소용이 없었다. 고막을 울리는 진동을 떨쳐버릴 수가 없었다.

"아, 너무 힘들어."

몰리는 책을 들어 전화기를 향해 세차게 집어 던졌다.

하지만 빗맞은 책은 전화기 옆으로 떨어졌다.

오늘만 해도 벌써 열여섯 번째 전화였다. 더는 참을 수 없었다. 몰리는 수화기를 들었다가 바로 내려놓았다. 누가 전화를 걸었든 어쩔 수 없었다.

그녀는 마음을 조금 진정시킨 뒤, 냇 킹 콜의 엘피판을 찾아 거실의 턴테이블 위에 가만히 올려놓았다. 엘비스 프레슬리를 제일 좋아했지만 오늘 저녁만큼은 백인 가수의 노래를 듣고 싶지 않았다. 누가 손가락으로 건드리기만 해도 폭발할 것 같았다. 몰리는 카트리지를 들어 레코드판 위에 가만히 올려놓았다. 아빠가 준 선물이니 조심스럽게 다루어야 했다. 몇 초간 찍찍거리는 소리를 내더니 음악이 거실을 가득 채웠다.

잊을 수 없는
당신이란 사람을……

열여섯 번째 생일인 스위트 식스틴 파티 때 틀겠다고 생각할 만큼 몰리가 좋아하는 노래였다.

하지만 다시 걸려 온 전화벨 소리에 가수의 노랫소리가 묻혀 버렸다. 몰리는 수화기를 뚫어져라 쳐다보았다. 정말 끝이 있긴 한 걸까? 마지막으로 받은 전화는 탁하고 걸걸한 목소리의 남자가 건 전화였다. 토할 것처럼 역겹고 잔인한 목소리로 낮게 속삭이며 협박했다. 그녀는 턴테이블 쪽으로 다가가 소리를 키웠다. 이를 꽉 깨물고 더 큰 목소리로 노래하기 시작했다.

사랑의 노오오래처럼……

나를 꼬오오오옥 붙들어 주네.

벨 소리가 계속 울렸다. 끈질기고, 규칙적이며, 절망적으로. 몰리는 눈물이 조금씩 차오르는 것을 느꼈다. 빌려 온 책을 가만히 내려다보았다. 혹시 빈스가 전화한 건 아닐까? 그의 목소리를 들으면 기분이 좋아질 것 같았다. 첫 키스를 상상하며 함께 보낼 미래의 어느 날을 꿈꿔 볼 수도 있을 텐데. 그녀에게 빈스는 단순한 친구 이상의 존재였다. 하지만 보름 전부터 몰리는 반짝거리며 빛나야 할 청소년기의 모든 관심사가 벽장 깊숙이, 퇴직한 늙은 여비서의 묵직하고 낡은 타자기 아래 눌려 있는 것만 같았다.

엄마와 할머니가 함께 현관문을 열고 들어섰다. 그들은 몰리가 전화기 앞에 어깨를 축 늘어트린 채 서 있는 모습을 발견했다. 엘피판은 계속 돌아가고 있었다.

"아무리 아름다운 멜로디라도 너무 시끄럽잖니."

엄마는 달려가 음악을 껐다. 주위가 고요해지고 전화벨 소리만이 울렸다.

"내가 받을까?"

엄마의 물음에 몰리는 대답 대신 자기 방으로 도망쳤다. 엄마는 그런 딸을 그저 가슴 아파하며 바라볼 뿐이었다. 저 아이의 머릿속이 얼마나 황폐해졌을까. 하느님, 이제 겨우 열다섯밖에 안 된 저 애를 보살펴 주세요.

엄마는 매우 이기적인 생각이라는 것은 알지만, 아무 일도 일어나지 않기만을 바랐다. 그러면서도 딸아이를 자랑스러워 하지 않을 수 없었다.

그녀는 한숨을 크게 내쉬고는 수화기를 들었다.

"여보세요…… 에린 코스텔로입니다."

"에린이군요. 저예요, 맥신 테이트. 전화가 받자마자 끊어져서요. 혹시 저와 이야기하는 걸 꺼리는 건지 걱정했어요."

늘 그랬듯이 NAACP 회장의 목소리는 확신에 차 있었다. 그녀가 농담을 섞어 가며 말을 시작했는데도 엄마는 여전히 가슴이 두근거렸다. 이렇게 전화를 한 걸 보면 판결이 났을지도 모를 일이었다.

"연방 대법원의 로널드 데이비스 판사가 판결을 내렸어요. 통합 정책은 내일 9월 4일 수요일을 기해 시행될 거예요. 판결 소식이 라디오를 통해 전국에 알려졌어요."

"그럼 주 방위군은요?"

"군인들은 학교 앞에 배치될 거예요. 그들이 우리가 학교 안에 들어가는 것을 막을 수 있을지는 지켜봐야겠죠. 하지만 정의는 우리 편이에요."

엄마가 다시 물었다.

"학교는 몇 시에 가야 하죠?"

"개인적으로 등교하는 건 너무 위험하니 다 같이 가는 게 좋을 것 같아요. 우리가 학교 정문 앞까지 아이들을 데리고 걸어갈 거예요. 내일 아침 8시, 리틀 파크 12번지에서 모이기로 했어요. 어딘지 아시죠? 학교와 나란히 나 있는 길 말이에요."

수화기를 귀에 댄 채, 엄마는 고개를 끄덕거렸다. 별문제 없이 찾을 수 있을 거라고 생각했다.

테이트는 잠시 숨을 고르더니 말을 이었다.

"협박 전화나 위협이 더 심해질 수 있으니 마음의 준비를 단단히 해 두세요. 지금부터 몰리가 혼자 집 밖으로 나가지 못하게 해 주시고, 꼭 필요하지 않으면 외출은 아예 안 하는 게 좋아요. 내일 아침, 여기로 올 때도 조심하시고요. 분명히 온갖 훼방꾼들이 몰려올 거예요."

"네, 잘 알겠어요. 주의할게요."

"그럼 됐어요."

테이트는 잠시 조용히 있다가 덧붙였다.

"에린?"

"네."

"잘 아시겠지만 이제부터가 시작이에요."

엄마는 전화를 끊고 딸의 방 쪽으로 걸어가다 다시 되돌아와 전화기 코드를 뽑아 버렸다.

로버트 앤더슨은 라디오를 끄고는 포마드를 바른 머리칼을 손으로 쓱 문질렀다. 그 모습을 보며 그레이스는 금발인 자기나 오빠와 달리 아빠의 머리칼만 까만 것이 이상하다고 생각했다.

그레이스는 아빠가 지금 막 들은 뉴스에 대해 어떻게 생각하는지 알아보려고 조심스럽게 표정을 살폈다.

"포버스 주지사와 아칸소주의 여러 백인 단체의 경고에도 불구하고 수요일, 아홉 명의 흑인 학생이 리틀록 센트럴 고등학교에 등교를 시도할 거라고 전해지고 있습니다. 내일 어떤 일이 벌어질지, 다양한 예측이 나오고 있습니다."

기자는 마치 흥미진진한 프로 레슬링 시합을 알리듯이 소식을 전했다.

부엌 한쪽에서는 앤더슨 부인이 방금 오븐에서 꺼낸 돼지고기를 힘껏 썰고 있었다. 마치 돼지고기를 둘둘 감싼 실이 자신에게 반항

한다고 생각하는지 짜증스러움이 얼굴에 잔뜩 배어 있었다.

"아야!"

그녀가 비명을 질렀다. 손을 베인 듯했다.

로버트는 아내에게 다가와 손수건을 건넸다.

"그런 건 미니한테 시키지 않고."

앤더슨 부인은 손수건으로 상처를 감쌌다.

"오늘 저녁은 좀 일찍 집에 가고 싶다고 해서요. 통합 정책 때문에 폭행을 당할지도 모른다고 학교에 가서 아이들을 직접 데려오고 싶다나. 당신은 이번 일을 어떻게 생각해요? 케이트와 그레이스를 학교에 보내도 괜찮을까요?"

로버트가 손수건을 들춰 상처를 살폈다.

"특별히 걱정할 건 없어. 사실 우리 아이들은 상관없는 일이지. 위험한 건 어떻게든 학교에 다니려는 그 아홉 명의 아이들이니까."

그레이스의 오빠인 케이트가 고개를 끄덕거렸다. 과격파들은 자신들의 특권을 빼앗기지 않으려고 어떤 수단과 방법을 동원해서라도 끝까지 싸울 태세였다.

사실, 모두에게 지옥처럼 끔찍한 하루가 기다리고 있었다.

하지만 케이트는 엄마가 걱정하지 않도록 모른 척했다. 그의 친구들 모두 올해의 구경거리를 보게 될 텐데, 혼자만 집에 갇혀 있고 싶지 않았다.

앤더슨 부인은 남편의 대답을 듣고 오히려 불안에 휩싸였다. 그녀가 반박했다.

"바로 그게 문제죠! 만일 주지사의 말대로 아이들이 폭동이라도 일으키면 어쩌려고요? 그러다 우리 아이들이 다치기라도 하면……."

케이트가 끼어들었다.

"방위군이 있잖아요. 엄마, 저도 아버지와 같은 생각이에요. 걱정할 거 하나도 없어요."

앤더슨 부인은 한숨을 내쉬었다.

"그래. 그럼, 정말 조심하고 교실에서 나오지 말고 가만히 있어. 걔들이 교문에 들어설 때는 절대 밖으로 나오면 안 돼. 알았어? 만일……."

케이트는 중간에 끼어들어 말을 끊었다.

"네 네, 알았다고요. 고기 좀 주세요."

그는 칼을 집어 들었다.

"흑인들 때문에 저녁 식사를 망칠 순 없죠."

몰리는 화들짝 소스라치며 깨어났다.

충격은 저 아래, 밑에서부터 올라왔다. 아래층에서 난 소리였다. 유리가 와장창 깨진 것 같았다.

그들이 정말 협박을 실행에 옮기고 있는 걸까.

할머니가 오늘 밤 정신 바짝 차리고 망을 봐야 한다고 했는데, 하느님, 제발 할머니에게 아무 일도 일어나지 않게 해 주세요.

재빨리 침대에서 내려오면서 몰리가 소리쳤다.

"할머니, 괜찮으세요?"

그녀는 계단을 우당탕 미끄러지듯 내려오다 엄마와 부딪칠 뻔했다. 엄마는 잠옷을 움켜쥔 채, 공포에 질려 입을 다물지 못하고 있었다. 차가운 달빛에 비친 모녀의 모습이 비현실적으로 보일 정도였다. 어두운 밤에는 모든 것이 과장되어 보였다.

짧게 한숨을 쉬고 모녀는 거실로 들이닥쳤다.

할머니는 뻥 뚫린 유리창 앞에 등지고 서 있었다. 아주 잠깐이지만, 몰리는 할머니가 진홍색 핏빛으로 물든 가슴을 움켜쥐고 뒤로 넘어가는 장면을 상상했다. 바닥에 쓰러진 채 비릿한 피 냄새를 풍기며 비명을 지르고 있는 할머니의 모습이 어른거리는 것만 같았다.

그때 그녀의 눈에 들어오는 것이 있었다. 깨진 유리창 구멍을 통해 잔디 위에 무언가 서 있는 것이 보였다.

널름거리는 커다란 횃불 사이로 우뚝 서 있는 KKK*의 거대한 십자가였다.

*KKK 1866년 미국 남부에서 만들어진 백인우월주의자들의 비밀 결사 단체이다. 얼굴을 흰 수건으로 가리고 다니면서 흑인과 흑인 해방에 동조하는 백인들을 구타하거나 그들의 집을 불태우는 등 과격한 테러를 서슴지 않았다.

그레이스는 스웨터를 입고 잘록한 허리가 돋보이는 자신의 모습을 흡족하게 바라보았다. 어느 때보다 아름다웠다. 두 뺨에 장밋빛으로 볼 터치도 하고, 입술에는 립글로스도 살짝 발랐다. 부족하지도 않고 과하지도 않게 딱 필요한 만큼만. 서커스에 출연하는 건 아니니까 말이다.

"우아, 정말 예뻐요. 죽은 사람도 벌떡 일어나겠는걸요!"

미니는 그레이스의 치마가 주름 하나 없이 잘 다려졌다는 걸 확인하고는 칭찬을 늘어놓았다.

"그래? 그럼 살아 있는 쉐우드의 관심을 끄는 건 그리 어렵지 않겠는걸."

그레이스는 하나부터 열까지 모두 다 계획해 놓았다. 쉐우드는 매일 아침 친구들과 학교 계단 앞에서 이야기를 나눈다. 일단 그와 우연히 마주친 듯 놀라워한다. 그리고 아무렇지도 않게 가까이 다가간다. 그런 연기쯤은 얼마든지 할 수 있었다. 그러고는 그의 눈을 뚫어지게 바라보며 어떤 말이든 건넨다. 그에게 할 만한 그럴듯한 말이 생각나지 않아도 상관없다. 매력적인 미소 한 번이면 다 해결될 테니.

단지 그 바보 같은 통합 정책이 문제였다. 계획에 차질이 생긴 것이다. 시내 중심가에서부터 차들이 꼼짝도 못하고 끝없이 늘어서 있었다. 엄마는 손가락으로 핸들을 톡톡 치면서 초조해했다. 혹시 집으로 다시 돌아가자고 하면 어쩌나 걱정했지만 다행히 오빠가 끝까지 학교에 가겠다고 고집을 부렸다.

그런데 학교 앞에 도착해 보니 상황은 생각한 것보다 심각했다. 누구하고도 조용히 이야기를 나눌 분위기가 아니었다. 학교 건물이 군중에 가려 제대로 보이지도 않았다.

사람들이 벌 떼처럼 모여 있었다. 인도는 백인들로 바글거렸다. 잔디밭에 둘러앉아 웃고 있는 사람도 있었고, 나무에 등을 기대고 얘기를 나누는 사람도 보였다. 심지어 유모차를 끌고 나온 여자들도 있었다. 한 남자는 '깜둥이와 개는 출입 금지'라고 적은 플래카드에 팔을 괸 채 낄낄대고 있었다.

"아무 문제도 없는걸. 피투성이가 될 거라고 걱정한 엄마의 예측이 빗나간 것 같은데?"

"깜둥이들이 도착할 때까진 좀 더 기다려 봐야지."

케이트가 슬며시 웃으며 대답했다.

그레이스는 아칸소주 방위군의 보호를 받으며 학교 계단을 올라갔다. 당혹스러운 경험이었다.

“꼭 기억하렴! 하느님이 너와 함께 하실 거야!”

할머니가 몰리에게 속삭였다.

현관 앞에서 몰리는 할머니를 부둥켜안았다. 할머니의 눈에 불안감이 서려 있었지만 몰리는 더는 생각하지 않으려고 애썼다. 밤은 결국 지나갔고, 오늘은 아주 중대한 날이었다.

그녀는 현관 계단을 내려가 자동차로 걸어갔다. 잔디 쪽은 바라보지 않겠다고 다짐했지만 어느새 십자가가 꽂혔던 곳으로 눈길이 갔다.

지난밤은 정말 끔찍했다. 날아온 돌멩이, 횃불, 공포에 질린 이웃들의 얼굴, 요란한 사이렌 소리.

“제기랄, 당신들한테 분명히 경고했잖아! 우리를 다 죽음으로 몰아가고 말 거라고!”

마치 영화의 한 장면 같았다.

새벽 두 시, 소방차가 달려와 불을 끄고, 십자가를 끌어내렸다. 그동안 몰리는 완전히 진이 빠진 채 부엌에서 맥신 테이트와 NAACP 회원들 사이에서 계피가 들어간 국화차 한 모금을 겨우 마실 수 있었다. 다들 이번 사건을 객관적으로 바라보려고 애썼다. 저들은 그저 위협을 하려고 했을 뿐이라면서 정작 해치지는 못할 거라고, 이번 사건이 방송을 통해 알려졌기 때문에 오히려 안전할 수 있다고들 했다. 할머니도 같은 생각이었다. 하느님이 우리 편이고 절대 우리를 버리지 않을 거라고 했다.

만일 그들이 그렇게 확신에 찬 목소리로 돕겠다고 나서지 않았으면 모두 다 포기하려 했을지도 모른다. 새벽이 밝아오자 몰리는 그제야 조금 마음이 놓여 겨우 눈을 붙일 수 있었다.

몰리는 검게 그을린 흔적을 돌아보았다. 잔디가 다시 자라려면 얼마나 기다려야 할까? 거름을 줘야 하는 건 아닐까.

차 문을 열었다. 엄마가 핸들에 손을 얹고 몰리를 기다리고 있었다. 몰리를 보고 입가에 희미한 미소를 지어 보이며 머리칼을 뒤쪽으로 정성스레 쓸어 넘기고 있었는데, 그래선지 광대뼈가 더 도드라져 보였다.

"이제 갈까? 지금도 생각은 변함없는 거지?"

몰리는 머리를 끄덕였다. 맥신 테이트가 밤새 용기를 주는 말을 해 주었다. 몽고메리의 로자 파크스 그리고 자유를 향한 움직임에 대해 이야기하며 이미 변화는 시작되었으니 더는 멈출 수 없다고 했다. 자유의 발걸음이 저들을 불안하게 만들수록 협박이나 위협은 너무 당연한 일이라고, 이미 변화의 길이 열렸음을 보여 주는 것이기 때문에 포기할 수 없다고 했다.

엄마는 조심스럽게 말했다.

"너도 잘 알겠지만, 지금 마음을 바꾼다 해도 아무도 네게 뭐라 하지 않아."

몰리는 크게 숨을 내쉬고 대답했다.

"준비됐어요. 이제 출발해요."

부르르 떨리는 엔진 소리를 들으며 몰리는 라디오를 켰다.

"수백 명의 시민이 이미 센트럴 고등학교 정문 앞에 모여 있습니다. 시위 구호와 함께 자신의 권리를 주장하려고 모여든 여러 단체의 주장과 욕설이 서로 뒤엉킨 현장입니다. 백인 어머니회가 특히 눈에 띄고……."

엄마가 라디오를 껐다.

"저런 뉴스는 들을 가치도 없어."

"엄마, 저기 좀 보세요."

몰리는 창밖으로 고개를 돌리며 말했다.

굳은 표정의 마을 주민들이 몰리네 차가 지나가는 모습을 보려고 인도로 모여들었다. 부인들은 치맛자락을 붙들고 매달린 아이들을 안쪽으로 끌어당겼다. 남자들은 두 손을 주머니에 찔러 넣은 채 꼼짝하지 않았다. 우스꽝스러운 장면이 아닐 수 없었다. 몰리는 낯익은 얼굴들을 발견하고 손을 들어 인사를 하려고 했지만 아무도 몰리 쪽을 돌아보지 않았다.

왜 사람들은 저런 눈으로 나를 쳐다보고 위험한 존재나 죄인 취급을 하는 걸까? 이 도시의 누구도 변화를 원치 않는 건 아닐까? 그 누구도 마틴 루터 킹 목사에 대해 들어 본 적이 없는 걸까?

곰곰이 생각해 보면, 루터 킹 목사가 옳다고 진심으로 생각하는 사람은 그리 많지 않았다. 대부분은 보복을 두려워했다. 친구였던 수잔나마저도 소식을 들을 수 없었다. 수잔나 부모님의 회사 사장이 만일 몰리 가족을 조금이라도 지지하면 직장에 계속 다닐 수 없을 거라고 경고했던 것이다. 수잔나 부모님은 먹여 살려야 하는 가족이 여섯 명이나 되었기 때문에 결단을 내려야 했을 것이다.

학교 근처에 이르자 차가 더는 앞으로 나갈 수 없었다. 라디오에서 이미 예고한 대로 심각한 교통 체증으로 큰길은 거의 마비 상태였다. 여기저기서 경적 소리만이 울릴 뿐이었다.

"다들 미친 것 같아요."

몰리는 자동차 번호판을 유심히 들여다보며 소리쳤다. 텍사스에서 달려온 자동차도 있었다.

엄마는 고개를 끄덕였다. 두 사람 모두 한 번도 리틀록 거리에 이렇게 많은 인파가 몰린 것을 본 적이 없었다. 이들 중에 자신들을 격려하려고 온 사람도 있기를 바랄 뿐이었다.

엄마는 도로 한쪽에 줄지어 서 있는 자동차들 뒤쪽으로 차를 세웠다.

"더는 차로 갈 수 없을 것 같구나. 모이기로 한 곳이 여기서 멀지 않으니 여기에 차를 두고 걸어가자."

몰리와 엄마는 차에서 내렸다.

아스팔트에 발을 내딛는 순간, 속이 울렁거렸다. 어떻게 오늘 하루를 보낼 수 있을지 걱정이 됐다. 학교에서 그들을 환영할 사람이 있기는 할까? 어느 반에 들어가게 될까. 신세러티, 마들렌느와 같은 반에 배정될 수 있을까? 톰슨 교장 선생님은 자세한 지시 사항은 언급하지 않았다. 친구들과 같은 반이라는 것만 알아도 마음이 놓일 텐데, 직접 물어볼 용기는 나지 않았다. 별것도 아닌 일에 신경을 쓴다고 할까 봐, 아니 너무 우스워 보일까 봐 겁이 났다.

"몰리, 가자."

몰리는 엄마에게 다가갔고, 둘은 학교 쪽으로 향하는 오르막을 가득 메운 사람들을 둘러보았다. 몰리는 두리번거리며 흑인이 있는지 찾아보았지만 한 사람도 눈에 들어오지 않았다. 두 사람은 동료들을 만나야 한다는 초조함을 달래며 약속 장소로 걸어갔다. 몰리의 귀에 웅성거리는 소리가 들리기 시작했다. 온갖 팻말이 곳곳에 세워져 있었지만 뭐라고 적혀 있는지 눈에 들어오진 않았다. 손을 이마에 비스듬히 얹고 햇빛을 가렸다. 그녀가 바라보는 곳으로 사람들이 끊임없이 모여들고 있었다. 남녀노소 할 것 없이 소리를 지르고, 여기저기 뛰어다니며 비명을 질러 댔다. 주먹을 쥔 손을 하늘 높이 들어 올리거나 깃발을 쳐들기도 했다. 경찰들은 그 모습을 그저 바라만 보고 있었다. 몰리는 또다시 속이 울렁거리는 것만 같았다. 눈앞에서 벌어지는 이 모든 장면이 그녀를 한없이 움츠러들게 했다. 몇 미터 나아가자 통행이 거의 불가능할 정도로 거리가 꽉 막혀 있었다. 약속 장소까지 걸어갈 수 없었다. 백인들 속으로 뛰어들어 헤치고 나갈 수는 없는 일이었다. 엄마가 중얼거렸다.

“여기 있으면 위험할 것 같구나.”

그녀는 몰리에게 몇 미터 아래쪽으로 비스듬히 난 작은 골목길을 가리켰다.

“저기로 가자. 몇백 미터는 족히 가로질러 갈 수 있고, 학교 앞을 지나지 않고 맥신 테이트가 우리를 기다리고 있는 공원 가까이 갈 수 있을 거야.”

몰리는 주위를 돌아보면서 차에서 내리지 말았어야 했다고 생각했다. 이제는 군중의 거친 함성이 가까이 들려왔다.

그들을 지지하는 이는 아무도 없다는 사실을 깨달았다. 테이트가 착각한 건 아닐까? 만일 리틀록에서 이번 시도가 실패한 거라면? 여기는 남부 도시가 아닌가. 어쩌면 우리가 이 사실을 간과한 건지도 모른다.

몰리는 되도록 객관적으로 판단하고 침착하게 행동하려고 애썼다. 지금까지는 아무도 자신들을 주목하고 있지 않다. 사람들의 시선은 다들 학교 교문 쪽에 집중되어 있다. 게다가 리틀록은 남부에 있기는 해도 어떤 인종 차별 폭동도 일어난 적이 없는 매우 조용하고 치안이 잘 유지되는 도시다.

몰리는 엄마의 뒤를 따라 골목길로 접어들었다. 조금 어둡고 비좁은 골목길은 붉은 벽돌로 된 담벼락 사이로 깊숙이 이어져 있었다. 몰리는 본능적으로 오던 길을 되돌아가고 싶었다. 만일 여기서 백인 무리라도 만난다면 무슨 일이 벌어질까? 몰리는 멈칫거리며 제자리에 섰다. 하지만 엄마는 이미 앞서 걸어가고 있었다. 몰리는 입술을 지그시 깨물었다. 되돌아가기에는 너무 늦었다.

몰리는 앞으로 빠르게 걷기 시작했다. 엄마처럼 그녀는 자신에게 용기를 주려고 기도를 했다. 그러면 혼자라는 느낌이 들지 않을 것 같았다. '하느님, 제게 앞으로 나아갈 수 있는 용기를 주세요.' 그녀는 다시 오른쪽으로 돌았다. 그녀의 발소리는 골목이 비좁아질수록 더 크게 울렸다. '당신이 준비해 놓은 길로 나를 인도해 주세요.' 그러면서 군중이 몰려드는 거리와 직각으로 나 있는 길을 똑바로 걸어갔다. 교차로에 도착했다. 왼쪽을 돌아보니 엄마가 보이지 않았다. 몰리는 깜짝 놀라 두리번거리다 반대쪽에서 엄마를 발견했다. 엄마는 시위가 일어나는 중심지를 향해 출구 쪽으로 똑바로 걸어가고 있었다. 너무도 위험한 행동이었다.

"엄마, 지금 뭐 하는 거예요?"

몰리는 최대한 작게 속삭였다.

엄마는 입술에 손가락을 갖다 대고는 몇 발자국 앞으로 나아갔다. 길 끝에서 무슨 일이 벌어지고 있는지 알아보려는 듯했다.

몰리는 어쩔 수 없이 엄마 가까이 갔다. 그러면서 맥신 테이트와 다른 학생들이 있는 곳으로 길을 되돌아가고 싶을 뿐이었다. 우리를 오래 기다리지 못할 텐데.

어쩌면 이미 떠났을지도 모른다.

몰리는 엄마 가까이 가서 어깨 너머로 군중의 시선이 어디를 향해 있는지 확인할 수 있었다.

체크무늬 치마를 입은 한 소녀가 학교 정문 앞에 혼자 서 있었다. 아홉 명의 흑인 학생 중 하나인 마들렌느 스탠포드였다. 그녀는 수백 명의 백인과 방위군들 사이에 갇혀 빠져나오지 못한 채 당황하고 있었다. 사람들은 흥분한 목소리로 고함을 질러 대고 있었는데 주먹을 불끈 쥐고 얼굴은 잔뜩 일그러져 있었다. 군인들은 그녀를 향해 총을 겨누어 그녀가 학교 정문으로 향하는 돌계단에 오르지 못하도록 막고 있었다.

마들렌느는 꼿꼿이 선 채, 책 더미를 마치 구명대처럼 바싹 움켜쥐고 있었다. 하지만 그녀의 시선은 절망에 빠져 있었다. 마치 덫에 걸린 가여운 짐승 같았다. 그녀는 어디로 가야 할지 몰라 안절부절못했다.

"아니, 쟤가 저기서 혼자 뭘 하고 있는 거지?"

엄마는 얼굴이 새하얗게 질린 채 말했다.

몰리는 마들렌느가 연락을 못 받았을지도 모른다는 생각이 섬광처럼 스쳐 지나갔다. 그런 게 틀림없었다.

어떻게 마들렌느에게 말을 걸 수 있을까 고민하던 몰리에게 어디선가 피가 얼어붙을 만큼 차가운 목소리가 들려왔다.

"여기 깜둥이가 둘이나 있다! 골목길에 있어."

조금 떨어진 곳에서 한 남자가 손가락으로 몰리와 엄마가 있는 쪽을 가리키며 소리를 질렀다. 그의 손가락이 한없이 길게 느껴졌다.

"몰리, 도망쳐. 뛰어!"

엄마가 신발을 벗어 들면서 소리쳤다.

"자동차 있는 데로 빨리 뛰어가!"

두 사람은 가던 곳 반대편으로 달리기 시작했다. 공원에서 다른 동료들을 만날 수 있다는 확신도 없으니 우선 차 안으로 피해야 했다.

몰리의 심장은 쉬지 않고 쿵쾅거렸다. 지금은 마들렌느를 외면할 수밖에 없었다. 그녀는 한 가지만을 생각했다. 도망쳐야 한다. 가능한 빨리 이곳을 벗어나야 한다.

백인들 무리가 모녀의 뒤를 쫓아오기 시작했다. 몰리는 뒤를 돌아보다 누군가의 손에 밧줄이 들린 것을 얼핏 보았다. 목덜미에 굵은 밧줄이 감기는 것처럼 느껴지면서 마치 목의 살갗이 타는 듯했다.

몰리는 엄마를 뒤따라 달렸다.

"계속 달려! 엄마만 보고 따라와. 멈추지 말고!"

엄마의 목소리는 골목의 벽 위로 튀어 오르며 머릿속에 가득 울렸다. 몰리는 있는 힘을 다해 달렸다. 하지만 빨리 달리는 데 익숙하지도 않았을 뿐더러, 특히 건장한 남자들과 맞설 준비는 더욱 안 되어 있었다. 자동차까지 갈 수 있을까. 여름 전까지 계속 사람들 입에 오르내렸던 잭슨빌의 사건처럼 저들의 발길질에 머리가 깨질 것만 같았다.

고함이 점점 더 가까이 다가왔다. 하지만 뒤를 돌아볼 수 없었다. 그럴 틈도 없었지만 혹시 뒤돌아보다 넘어지면 큰일이었다.

몰리는 마지막 힘을 다해 골목길을 지나 겨우 목적지 가까이에 이

르렀다. 다행히 학교 정문 앞보다는 사람들이 덜 모여 있었다.

몇 미터를 더 달려 마침내 자동차 문을 박차고 안으로 뛰어들었다. 차는 이내 요란한 엔진 소리를 내며 내달렸고, 그 뒤로 타이어 타는 냄새만이 진동했다.

그레이스는 브루크, 도로시, 주디와 함께 교실 창문에 팔을 기댄 채 학교 정문 쪽을 내려다보고 있었다.

야구부 주장인 안톤은 〈올스타전〉 때도 이렇게 사람들이 많이 모이지 않았다며 놀라워했다.

사태가 워낙 심각했기에 선생님도 수업할 엄두조차 내지 못하고 학생들만큼이나 충격을 받은 듯 유리창 블라인드 뒤에 서서 초조하게 바라보았다. 그런 모습이 오히려 학생들의 호기심을 부추기는 듯했다.

"적어도 2천에서 3천 명은 되는 것 같은데, 안 그래?"

그레이스는 브루크에게 물었다.

오빠 말이 옳았다. 아홉 명 중 한 여학생이 등장하자 분위기가 완전히 달라졌다. 팻말을 높이 쳐들었고 고함과 휘파람 소리가 곳곳에서 비집고 튀어나왔다. 그레이스는 학교 벽을 따라 울리는 함성이 마치 코앞에서 소리치는 것처럼 가깝게 여겨졌다.

브루크는 시선을 한곳에 고정한 채 고개를 끄덕거렸다.

"KKK는 물론이고 루이지애나하고 조지에서 온 사람들도 있다던데. 쉐우드 오빠가 그랬어."

그의 이름을 듣자마자 그레이스의 심장이 빠르게 뛰기 시작했다. 늘 그랬듯이 그에 대해 얘기를 할 기회가 생기자 얼른 물었다.

"정말? 그런데 오빠는 어떻게 그런 걸 다 알아?"

브루크가 어깨를 으쓱해 보였다.

"라디오에서 들었겠지, 뭐. 아, 저기 좀 봐. 우리 엄마다!"

도로시가 소리쳤다.

"정말이네. 그 옆에 우리 엄마도 있어!"

둘은 그쪽을 향해 미친 듯이 손을 흔들었다.

그레이스는 눈을 찡그렸다. 그제야 어머니회 사람들이 눈에 들어왔다. 그들은 대부분 부유한 가정 출신으로, 마을에서 명망 있는 집안의 남자와 결혼해 가사에만 전념하는 주부들이었다. 다들 흰옷 차림이었는데, 함께 모여서 베르가모트 차를 홀짝이며 만든 게 분명한 삼각 깃발을 치켜들고 있었다. 도로시의 엄마는 주먹을 높이 쳐들었는데, 곱게 단장한 머리가 어느새 살짝 흐트러져 있었다. 그런 모습이 그레이스의 눈에는 전혀 고상한 부인들처럼 보이지 않았다. 동시에 적어도 자신의 엄마가 이런 모임에 참여하지 않는 게 다행스럽게 느껴졌다. 헝클어진 머리카락을 날리는 부인들을 보고 있으니 경멸감마저 일었다.

브루크는 엄마가 자기 쪽을 봐 주지 않자 팔을 내렸다.

그러면서 사건의 중심지로 눈길을 돌렸다. 다른 사람들은 모두 그 곳만을 뚫어지게 바라보고 있었다.

흑인 여학생은 여전히 꼼짝하지 않고 있었다.

"저 애 꼭 햄스터 같지 않아?"

주디가 고개를 가로저었다.

"아니지, 햄스터는 하얗다고."

다들 웃음을 터뜨렸지만 그레이스는 웃지 않았다. 마치 영화를 보는 느낌이었던 것이다. 그 아이는 군인들이 길을 내주지 않자 왼쪽으로 비스듬히 빠져나가기 시작했다. 그와 동시에 고함이 더 커졌고, 사람들이 그녀 가까이 우르르 모여들기 시작했다. 그녀는 총을 겨누고 있는 군인 무리를 따라 걷고 있었다. 그레이스는 그녀가 전혀 테러범 같아 보이지 않았다.

순간 좋지 않은 예감이 들었다. 갑자기 상황이 돌변하면서 그 학생이 성난 군중에 휩싸여 짓밟힐 수 있다는 생각이 들었다. 그 아이는 아주 천천히 뒷걸음치고 있었다.

그때 체크무늬 옷을 입은 한 젊은 남자가 앞으로 나왔다. 그는 흑인 여학생의 치마를 거칠게 홱 잡아채고는 갈기갈기 찢기 시작했다. 사람들이 가까이 다가가 소리를 질렀다. 그 아이는 책으로 머리를 가리고 목을 잔뜩 움츠렸다. 체격이 좋은 여자 하나가 그 아이 등에 침을 뱉었다.

"잘했어!"

브루크가 소리쳤다.

그녀는 친구들 쪽으로 고개를 돌렸다.

"저 깜둥이가 여기서 빠져나갈 수 있을 것 같니?"

도로시가 말했다.

"잘 모르겠어. 그런데 아홉 명이 등교할 거라고 했는데, 한 명밖에 안 보이네! 다른 애들은 어디로 간 거야? 깜둥이들이 비겁하게 숨어 있다니 더 못나 보이는걸."

그레이스는 대답하지 않았다. 속으로 경악하면서도 눈앞에서 벌어지는 장면에 몰입해 있었다.

"어! 쟤, 뭐 하는 거야?"

브루크는 여학생이 버스 정류장 쪽으로 뛰어가는 걸 보고 놀라서 물었다.

브루크, 주디, 도로시는 창문 바깥쪽으로 더 깊이 몸을 빼고 바라보았다.

"모르겠어."

그레이스는 그 자리에서 꼼짝할 수가 없었다. 마치 자기가 그 학생이 된 것만 같았다. 도대체 어떤 일이 벌어질까? 까딱 잘못하면 군중이 그야말로 폭도로 돌변할 상황이었다. 어떻게 저런 돌발 행동을 할 수 있지? 정말 정신이 나간 건 아닐까?

군인들은 여전히 자리에서 움직이지 않았다.

'어쨌든 저들은 흑인이 살해당하는 걸 막으려고 자리를 지키고 있는 것 같진 않아.' 그레이스는 속으로 생각했다.

그때 백인 부부가 마들렌느를 가운데 두고 각각 벤치에 나란히 앉았다. 그레이스는 깜짝 놀라 그 모습을 지켜보았다.

군중은 그 모습을 보며 너무 놀랐는지 순간 조용해졌다. 마들렌느를 덮치지 못하도록 이들 부부가 막으려 한다는 걸 깨달은 도로시가 소리쳤다.

"아니, 저 바보 커플은 누구야?"

"더러운 진보주의자가 틀림없어."

브루크가 씩씩거리며 대답했다.

"도대체 왜 아무도 저들을 끌어내지 않는 거냐고!"

교실은 물론이고 거리에 모인 사람들의 함성이 더 커졌다. 마들렌느의 치마는 벤치에 그대로 널브러져 있었다. 그녀는 등을 웅크린 채 앉아 있었다. 그레이스는 왜 그녀가 저렇게 공포에 질렸는데도 울거나 도망치지 않는 건지 이해할 수가 없었다. 지금 자신이 어떤 위험에 직면하고 있는지 모르고 있는 건 아닐까.

잠시 후 버스가 도착하는 걸 보고 그레이스는 안도의 한숨을 내쉴 수 있었다.

부부가 마들렌느를 감싸고 버스에 함께 올라탔다. 그레이스는 짐승처럼 포효하는 브루크와 도로시를 곁눈질로 바라보았다. 그 옆에 있는 주디는 아무 말도 하지 않았다. 그레이스는 주디도 새까만 얼굴의 여학생에게 연민을 느끼는 건 아닐까 생각했다.

버스가 출발했다. 창문을 향해 던진 돌멩이에 맞아 유리창이 산산조각 났다. 몇몇 남자들은 버스 앞을 가로막으려고 했다.

교실에서는 한 남자아이가 승리의 표시로 주먹을 불끈 쥐고 위로 치켜들었다.

"어제도 분리, 내일도 분리! 백인들과 깜둥이가 함께 지낼 수 없다!"

◆◇◆◇◆◇◆◇◆◇◆◇◆◇◆◇◆

그레이스는 학교 정문에 있는 돌계단을 하나씩 딛고 올랐다. 아홉 명의 흑인 학생들은 십여 일 전 시도가 실패로 돌아간 뒤, 더는 모습을 드러내지 않았다. 그레이스는 당연히 모든 것이 예전대로 돌아가리라 기대했다. 교문 앞에는 여전히 보안 병력이 주둔해 있었고, 몇몇 분리주의자 무리가 진을 치고 있었지만 그 숫자도 점점 줄어들었다.

교내 운영위원회는 데이비스 판사에게 통합 정책 시행을 중단해 달라고 요청했다. '적어도 모든 게 조용해질 때까지'라는 전제를 달았다. 백인 어머니회는 이를 위해 청원서를 제출했고, 또다시 아이들의 안전이 위협받고 있다고 밝혔다. 브루크는 복도를 뛰어다니며 학생들을 엄마의 의견에 동의하게 하려고 동분서주했다. 마치 치어리더 그룹인 사이드라인의 회장이 되려는 것처럼 엄청난 에너지를 쏟아부었다.

그레이스는 판사가 판결을 번복할 거라고 생각했다. 이번 사건은 얼마 안 있으면 완전히 묻힐 게 분명했고, 모든 것이 이전으로 돌아갈 것이다. 그레이스는 학교 안에 들어서자마자 매일 아침 그러하듯 교내 복도를 빠른 걸음으로 돌아다녔다. 이내 그녀의 눈길은 복도에 모여 있는 3학년 학생들에게 멈췄다. 바로 그녀가 찾던 그룹이었다. 쉐우드는 그 무리에 둘러싸여 사물함에 기댄 갈색 머리 여자아이와 한창 이야기를 나누던 중이었다.

"저 애는 저기서 뭐 하는 거지?"

그레이스는 중얼거리며 목표물을 향해 달려갔다.

그녀는 등을 꼿꼿이 세우고 목소리를 가다듬기 위해 가볍게 헛기침을 했다.

"어, 여기 있었네. 안녕, 쉐우드 오빠."

쉐우드가 돌아보았다. 그레이스는 살짝 미소를 지으며 제일 자연스러운 표정을 지어 보였다. 그녀가 거울 앞에서 오랜 시간에 걸쳐 연습한 미소였다.

"안녕, 그레이스!"

그는 그녀를 위아래로 훑어보았다. 그레이스는 그의 시선이 자신의 허리에 머물러 있다는 것을 확신하고 있었다. 그가 다시 말을 이었다.

"잘 지냈어? 마지막으로 우리 집에 온 지 한참 된 것 같은데……. 5일도 더 됐지 아마. 안 그래?"

그레이스는 한 대 맞은 듯 정신이 아찔했다. 5일이라고? 정확했다. 그렇다면 그 역시 그녀에게 관심이 있는 게 분명했다. 왠지 예감이 좋았다. 아주 좋았다.

그가 덧붙였다.

"참, 이쪽은 루시. 나하고 같은 반이야. 루시, 여기는 그레이스 앤더슨이고."

루시가 그레이스를 바라보았다. 잿빛 아이섀도를 바른 눈썹 바로 아래로 적대감이 고스란히 드러났다. '얘야, 다 자기 몫이 있는 법이란다.' 루시는 그녀에게 위선적인 미소를 보내며 속으로 생각했다.

루시가 아쉽다는 듯 사물함에 기댄 몸을 일으키면서 허리가 딱 달라붙은 스웨터에 책들을 바싹 끌어당겨 안았다. 그러고는 입술을 오물거리며 말했다.

"그럼 둘이 얘기 나눠. 이따 도서관에서 볼 거지, 쉐우드?"

그녀는 이 말을 하면서 그레이스를 뚫어지게 바라보았다. 마치 그 말이 뭘 의미하는지 충분히 느끼게 하려는 듯했다.

루시가 시야에서 사라지자 그레이스가 말했다.

"저 애랑 같이 리포트 준비하는 거야?"

쉐우드는 머리를 살짝 뒤로 젖히고는 웃기 시작했다. 세상에, 어떻게 저렇게 매력적일 수 있지. 엘비스와 비교해도 결코 뒤처지지 않았다. 게다가 쉐우드는 매일 아침마다 그녀 앞에 이렇게 나타나지 않는가. 꿈이 아닌 현실의 모습으로. 단단한 근육까지 보여 주면서.

"맞아, 그런 셈이지."

그레이스는 그의 대답을 어떻게 받아들여야 할지 몰라 당황스러웠는데 시작종까지 울리자 확 짜증이 났다. 겨우 잠깐밖에 얼굴을 보지 못해 실망한 얼굴로 그녀가 말했다.

"나중에 봐."

"그래. 또 보자. 우리 집에 들르면 나한테도 인사 좀 해."

쉐우드는 미소를 지었고 그레이스는 두근거리는 가슴을 안고 발길을 돌렸다.

아홉 명의 학생들이 집에서 꼼짝하지 않고 지낸 지 벌써 열흘이 지났다.

"우리 협회가 통합 정책이 중지된 것에 대해 몇 번을 청원한들 무슨 소용이 있겠어요?"

NAACP가 주최한 회의에서 마들렌느가 말하고 있었다.

"어쨌든 주 방위군이 학교에서 버티고 있는 한 우리가 150명이라도 달라지는 건 아무것도 없을 거예요. 누구도 그 안으로 들어갈 수 없겠죠."

협회 담당 변호사가 설명했다.

"맞는 말이야. 바로 그와 같은 이유로 데이비스 판사에게 판결을 집행해 달라고 요구할 계획이야. 공립 학교들은 각 주의 주지사들의 견해가 어떻든 이제는 합법적으로 인종 분리 정책을 유지할 수 없거든. 그러니 포버스는 주 방위군을 철수해야 해."

콘래드 비숍이 덧붙였다.

"당연하죠, 그놈이 경찰청장 행세를 하도록 내버려 둘 순 없어요. 그의 아버지가 여성 인권 보호를 위해 투쟁한 사람이라는 걸 생각하면……. 그 노인이 무덤에서 벌떡 일어설 일이라니까요."

◆◇◆◇◆◇◆◇◆◇◆◇◆◇◆◇◆

몰리는 2주 동안 아무 일도 손에 잡히지 않아 묵묵히 생각에 잠겨 지냈다. 지나간 일들을 돌아보고, 자신이 느낀 것, 그리고 여전히 남아 있는 것들을 정리해 보았다.

만일 그날 골목길에서 넘어지기라도 했다면 무슨 일이 벌어졌을지 상상만 해도 끔찍했다. 그녀는 두려웠다. 잠까지 설칠 정도였다. 맥신 테이트는 단순한 협박일 뿐이라고 했지만 몰리는 그 말이 믿어지지 않았다. 그녀가 진실만을 이야기한다고 누가 장담할 수 있단 말인가? 자신이 추구하는 바를 밀고 나가고, 협회의 존재를 널리 알리기 위해 어쩌면 희생을 치르더라도 끝을 보려는지도 모르는 일이다.

게다가 몰리는 이번 일을 겪으며 한 가지 깨달은 게 있었다. 등교하는 일이 쉽지 않을 거라는 건 잘 알고 있었다. 이미 예고된 것이었고, 순조롭게 넘어갈 거라는 생각 자체가 말도 안 되는 일이었다. 전체 주민의 85퍼센트가 통합 정책에 반대한다는 수치가 이를 충분히 보여 주고 있었다. 하지만 그들의 분노는 놀라울 정도였다. 그저 아홉 명의 학생이 백인 학생들과 수업을 같이 듣지 못하게 하려고 수천 킬로미터를 마다하지 않고 달려온 이들도 있었으니 말이다.

그러면서 몰리는 몸과 마음이 모두 마비되는 듯한 심한 절망감에 빠져들었다. 9월 4일을 얼마나 손꼽아 기다렸던가. 하지만 완벽한 실패였다. 포버스 주지사는 이번 사건의 방향을 완전히 바꿔 버렸다. 어떤 흑인 학생도 센트럴 고등학교에 발을 들이지 못하게 하겠다고 했다.

며칠 전부터 몰리는 화가 치밀어 오르는 걸 느꼈다. 동시에 반드시 센트럴 고등학교에 가고 말겠다는 의지가 생겼다. 무엇보다 그들은 그럴 '권리'가 있었다.

온갖 생각과 고민 속에서 며칠을 보내고 난 몰리는 다른 여덟 명의 아이들과 밖에서 만나게 되어 뛸 듯이 기뻤다. 단지 오랜만에 바깥 공기를 쐴 수 있기 때문만은 아니었다.

◆◇◆◇◆◇◆◇◆◇◆◇◆◇◆◇◆

몰리는 자동차에서 내려 마들렌느, 노르마, 그리고 신세러티의 뒤를 따라갔다. 네 명의 소녀는 거대한 건물을 올려다보았다. 연방 대법원의 기둥 앞을 지나가는 게 처음은 아니었지만 몰리는 자신이 이곳에 불려 나올 일이 생길 거라고는 상상도 하지 못했다.

학생들이 다 모이자마자 신문 기자들이 벌 떼처럼 몰려들었다. 수첩을 들고 마이크와 카메라로 무장한 그들은 흥분을 가라앉히지 못하고 있었다. 여기저기에서 질문이 쏟아졌다.

"데이비스 판사가 통합 정책 추진을 허용할 거라고 생각하시나요?

주지사의 결정에 개입할 수 있을 거라고 생각하세요?"

"포버스의 행동에 대해 어떻게 생각하죠?"

"센트럴 고등학교에 다니고 싶나요?"

"왜 이런 위험한 일에 뛰어들 생각을 한 거죠? 동기가 뭐예요?"

"가족들의 신변이 위협받는 게 두렵지 않아요?"

플래시가 곳곳에서 터지고 취재 열기는 뜨거웠다. NAACP의 남자 회원들은 신문 기자와 그 뒤로 몰려 있는 군중으로부터 학생들을 보호하려고 온 힘을 다했다. 그럼에도 불구하고 몰리는 호흡 곤란을 느낄 정도로 갑갑했다. 그녀는 친구들에게 걱정스러운 눈길을 보냈다. 마들렌느는 숨을 가쁘게 쉬고 있었고, 신세러티 역시 죽음의 골짜기 한가운데 풀어 놓은 금붕어 같았다. 노르마는 갸름한 얼굴을 바짝 치켜들고 팔짱을 끼고 있었는데, 그 모습이 너무 연약해 보였다. 콘래드만 침착해 보였다. 하긴 그만이 거기 모여 있는 사람들의 키를 훌쩍 넘어서니 달리 보일 수밖에.

몰리는 좀 더 신선한 공기를 마시려고 발뒤꿈치를 한껏 들어 올렸다. 맥신 테이트가 일러준 대로 기자들이 던지는 질문에는 대꾸하지 않았다. 복도 끝에 버티고 서 있는 나무로 된 황금색 문을 조용히 응시할 뿐이었다. 곧 판사가 판결을 내릴 때 열게 될 문이었다.

몇 분 후에, 그들은 법정 안으로 들어갔다. 맥신 테이트는 강조해서 말했다. 그들이 언젠가 학교 정문을 지나가길 원한다면 개학 날 어떤 위험도 느끼지 않았다는 사실을 증명해야 한다고 했다. 그래야만 이길 수 있다고 했다.

몰리는 등줄기를 따라 땀방울이 주르륵 흐르는 것을 느꼈다. 만일 증언대에 자신을 불러 세우면 침착하게 증언할 수 있을까?

몰리는 법정 안을 둘러보았다. 중앙 복도를 따라 양쪽으로 가지런히 의자가 놓인 내부는 생각했던 것보다 작아 보였다. 카펫은 꽤 값이 나가 보였고, 벽에는 역대 미국 대통령 사진이 나란히 걸려 있었다. 그중 루스벨트 대통령의 눈빛이 맑게 빛났다. 작은 잿빛 안경을 낀 트루먼 대통령도 있었고, 아이젠하워 대통령은 머리카락이 거의 없었다.

기자들은 연방 플래시를 터트렸는데, 몰리는 그때마다 눈을 깜박였다.

그녀 뒤에서 콘래드가 말했다.

"너희들, 설마 우리가 스타라도 되는 줄 아는 건 아니겠지?"

그는 빈정대면서 기자들을 가리켰다.

"내가 확실히 말하지만, 저들의 관심은 딱 하나야. 우리가 연말까지 살아 있을 수 있는지라고!"

몰리는 이런 상황에서 어떻게 저런 천연덕스러운 농담을 할 수 있는지 궁금할 뿐이었다.

경찰들은 학생들이 변론을 지켜볼 수 있도록 법정의 한쪽으로 인도했다.

그들은 아칸소의 커다란 깃발 아래로 줄지어 나란히 앉았다. 몰리는 법정의 엄숙함에 매료되었다. 둘러보니 다른 아이들은 별로 그렇지 않은 것 같았다. 그때 법정 어딘가에서 비아냥거리는 목소리가 튀어나왔다.

"거 냄새 한번 고약하네! 언제쯤에야 깜둥이들은 한꺼번에 세 명 이상 법정에 못 들어오게 할 수 있지? 그런 조치를 언제쯤 취할 수 있는 건지."

잠시 후, 판사와 변호인단이 안으로 들어왔다. 몰리는 로널드 데이비스 판사가 커다란 책상 앞에 앉는 것을 바라보았다. 그에 대해 이야기를 듣고 상상했던 이미지와 매우 달라 놀라지 않을 수 없었다. 무엇보다 키가 정말 작았고 검은 머리칼에 오른쪽으로 가르마를 곧게 탔으며 둥근 얼굴은 무표정했다. 몰리는 몇 분간 그를 물끄러미 지켜보았다. 지난번 흑인에게 유리한 판결을 내렸던 판사였다. 이번에도 그럴 수 있을까?

양측 변호인단이 전열을 갖추었다.

공판이 시작되었다.

그레이스는 샌더네 벨을 눌렀다. 9월 말로 접어들었는데도, 날은 여전히 덥고 습했다. 그레이스는 축축해진 손으로 재빨리 눈썹을 가지런히 정리했다. 자동차에 손거울을 놓고 내린 게 후회됐다. 가볍고 빠른 발걸음 소리가 들리자 그레이스는 브루크가 곧 문을 열 것이라고 짐작할 수 있었다.

잠시 후 그녀 앞에 선 브루크는 눈을 흘기며 말했다.

"정말 일찍 오셨네! 그레이스, '시간 엄수'란 단어 뜻은 알고 있는 거야?"

그레이스는 시선을 돌리며 브루크를 끌어안았다. 브루크는 머리를 돌돌 말아 올리고 멋진 진주 귀걸이를 하고 있었다. 전에는 보지 못했던 귀걸이였다.

"자, 빨리 이리로 와."

그레이스는 그녀 뒤를 따라 안으로 들어섰다. 브루크네 집은 모든 게 늘 깨끗하게 정돈되어 있었다. 마호가니 테이블 위에는 청동 표범이 거대한 치자나무 옆자리를 차지하고 있었다. 그레이스는 코를 대고 하얀 치자꽃 향기를 맡았다.

"아빠가 사 오신 거야."

브루크는 치자나무를 손으로 가리키며 말했다.

"아빠는 잘못한 게 있으면 늘 그런 식으로 만회하셔. 자, 이리 와. 다들 벌써 뒤쪽 정원에 모여 있어."

그레이스는 머리를 끄덕이고 브루크를 따라갔다. 그러면서 혹시 쉐우드를 볼 수 있을까 주위를 둘러보았다. 그녀가 모임에 참석하겠다고 한 것은 순전히 그를 보기 위해서였다.

둘은 거실을 가로질러 열린 문 앞을 지나갔다. 더운 열기가 뿜어져 나오고 있었고 윙윙 거리며 돌아가는 선풍기 소리만이 이곳에 사람이 산다는 것을 알려 주고 있었다.

정원 쪽으로 난 문에 다다르자 그레이스는 허리를 한층 더 꼿꼿이 세우고 혀로 윗니를 재빨리 훑었다. 다들 모여 있는 가운데 쉐우드가 있는지 브루크의 어깨 너머로 정원을 살펴보았다.

하얀색으로 칠한 정자 아래로 15명쯤 되는 여자들이 커다란 철제 테이블을 둘러싸고 둥글게 모여 있었다. 그들은 각각 손에 잔을 들고 담소를 나누며 이따금 미소를 짓고 치마를 한 번씩 쓸어내렸다. 가끔은 목걸이를 만지작거리며 다른 이들을 몰래 훔쳐보거나 그들의 행동을 살피곤 했다.

'저 중에는 분명 뒤에서 몰래 서로 험담하는 사람들도 있을걸.' 그레이스는 열심히 수다를 떠는 그들을 지켜보며 생각했다. 테이블 위에는 큼직한 라디오도 놓여 있었는데 잠시 후 다들 그 주변으로 모여들 것이다. 마르타는 손님들 사이를 오가며 시중을 들었다. 계속 부엌을 들락거리며 작은 월귤 머핀이나 오렌지 주스 병을 날랐다.

쉐우드가 보이지 않았다. 그녀는 금요일 오후를 신경질적인 50대 부인들의 수다나 들으며 낭비할 수는 없었다. 차라리 회계 수업을 듣는 게 나을 지경이었다.

"잠깐만."

그레이스는 돌계단 중간에 발을 디디다 말고 브루크에게 말했다.

"왜 그래?"

"아니, 화장실 좀 다녀오려고. 금방 올게."

브루크는 눈썹을 치켜떴다.

"빨리 갔다 와. 이제 곧 시작될 거야."

그레이스는 입가에 미소를 머금은 채 복도 쪽으로 발길을 돌렸다. '자, 지금이야, 우리 착한 그레이스야, 네가 하고 싶은 대로 해. 네 파트너를 찾아야지.'

쉐우드는 집에 있는 게 분명했다. 그녀는 브루크의 초대에 응하기 전에 이미 확신하고 있었다.

거실에서 그녀는 잠깐 머뭇거렸다. 어떻게 해야 하지? 2층으로 올라가 볼까? 만일 복도 한가운데에서 누군가와 맞닥뜨리기라도 한다면 어쩌지?"

"그레이스?"

그레이스는 이런저런 생각에 빠져 있다 자기를 부르는 소리에 깜짝 놀랐다.

쉐우드가 그녀 바로 뒤에 서 있었다. 그의 옷에서 나는 달콤한 섬유 유연제 냄새를 맡을 수 있을 만큼 가까이 있었다. 순간적으로 그레이스는 현기증이 났다. 살짝 뒤로 물러서자 쉐우드가 말했다.

“여기서 뭘 하고 있는 거야?”

그레이스는 몸을 꼿꼿이 세우고는 당당하게 턱을 쳐들었다.

“화장실에 가려고.”

“아, 그래? 그런데 화장실은 이쪽이 아닌데?”

그레이스는 긴장을 풀지 못한 채 대답했다.

“치자 꽃을 보려고 했어.”

쉐우드는 짓궂은 표정을 지으며 눈썹을 치켜들었다.

“맞아, 원예라는 건 아주 흥미로운 분야지.”

그레이스는 어깨를 으쓱했다.

지나치게 예민한 성격 때문인지 그레이스는 쉐우드의 농담에 기분이 상했다.

“이렇게 예쁜 꽃은 처음이라서. 그게 다야. 가까이에서 보고 싶었던 것뿐이야.”

쉐우드는 잠시 멈칫하다 그녀에게 다가왔다. 그의 청바지가 그레이스의 손에 스칠 정도였다. 그는 느릿느릿한 목소리로 속삭였다.

“나처럼 말이지? 나도 더 가까이 보고 싶었거든.”

그레이스는 심장이 오그라드는 느낌을 즐겼다. ‘제발, 땀이 나지 않게 해 주세요.' 그녀는 속으로 기도했다.

그때 뒤에서 발소리가 들렸다. 쉐우드가 뒤를 돌아보았다. 브루크가 성큼성큼 복도 끝에서 걸어오더니 잠깐 의심스러운 눈길을 던지며 말했다.

"둘 다 여기서 뭘 하고 있는 거야? 빨리 오지 않고. 라디오 틀었단 말이야. 지금 시작하고 있어."

쉐우드는 그레이스의 등을 툭 치면서 말했다.

"어서 가자. 한시라도 빨리 그 판사가 깜둥이들의 엉덩이를 걷어차는 모습을 보고 싶다니까."

“리틀록 센트럴 고등학교 측이 대법원의 통합 정책 판결을 따르지 않을 정당한 이유는 없습니다. 따라서 본 법정은 이 정책을 다시 시행할 것을 명령하는 바입니다. 이 자리에 참석한 아홉 명의 학생은 1957년 9월 23일 월요일부터 학교에 갈 수 있습니다. 그날 아칸소주 병력은 철수될 것입니다.”

판사는 탕, 탕, 탕 의사봉을 세 번 두드렸다.

“이로써 폐정을 선언합니다.”

데이비스 판사의 굵직한 목소리가 지금도 몰리의 머릿속에 울리는 듯했다. 그동안 법이 공정하다는 것을 믿지 않았는데 오늘 그것을 몸소 증명한 판사에게 감사할 따름이었다. 저명한 백인이 공식적으로 아홉 명의 흑인 학생을 지지한 것이다. 그것도 주지사의 행동을 정면으로 비판하면서. 그녀는 당시를 떠올리는 것만으로도 눈물이 고였다.

결국 맥신 테이트가 옳았는지도 모른다. 모든 게 이제 시작된 것이다. 어쩌면 흑인들이 백인들과 함께 같은 공연을 관람하고, 수영장에 대청소 전날만이 아니라 매일 갈 수 있게 되고 흑인도 거절당하지 않고 백인 여자와 스윙을 함께 연주할 수 있을 뿐만 아니라 백인과 결혼할 수 있는 날이 올지도 모른다.

"어쩌면 흑인이 대통령으로 뽑히는 날이 올지도 몰라."

몰리는 얼굴이 확 달아오르는 것을 느끼며 거울에 비친 자신을 향해 중얼거렸다.

"48시간이 채 지나기 전에 너는 센트럴 고등학교의 학생이 되는 거야. 만일 하느님이…… 그리고 정의가 존재한다면."

몰리는 마지막 순간까지 통합 정책이 또다시 철회되었다는 전화가 올지 모른다고 마음의 준비를 하고 있었다. 하지만 9월 23일 월요일 아침 7시 30분까지도 전화벨은 울리지 않았고, 라디오나 텔레비전도 잠잠했다.

15분 후, 몰리와 엄마는 맥신 테이트의 집 앞에 주차하고 있었다.

거리는 미국의 거의 모든 주에서 취재를 나온 방송국 차량으로 가득했다. 기자들은 인도에서 발을 동동거리고 있었는데, 구겨진 셔츠 차림으로 담배 연기를 연신 내뿜으며 집 안쪽을 계속 살폈다.

"여기서 밤을 새웠나 봐요!"

몰리는 깜짝 놀라 엄마를 돌아보며 말했다.

두 사람은 사람들을 헤치고 거실 안으로 들어갔다. 다른 여덟 명의 학생들은 소파나 테이블 끝에 걸터앉아 등교 시간을 기다리고 있었다. 몰리는 그들이 모두 자기만큼 초조한 얼굴이라는 것을 깨닫고 이상하게도 마음이 차분히 가라앉았다.

십여 분이 지나자 그녀 역시 초조해지기 시작했다. '설마 첫날부터 지각할 생각은 아니겠지?' 손목시계는 8시 5분을 가리키고 있었다.

몰리가 협회 사람들에게 물으려던 참에 맥신 테이트가 거실로 들어섰다.

그녀는 전과 다름없는 친근한 눈길로 거실을 훑어보다가 몰리와 눈이 마주쳤다. 몰리는 두 팔에 전기가 흐르는 듯 저릿했다. 그녀에게는 놀라울 정도의 카리스마가 있었다. 그녀가 나타나고 분위기가 완전히 바뀌었다.

"자, 이제 가 볼까요?"

몰리는 엄마 품에 안겼다. 살갗이 닿고 숨결이 느껴지자 뒤섞인 열기 속에서 그들은 몇 초간 차오르는 충만감을 느낄 수 있었다.

"몰리 코스텔로, 내 딸이 자랑스럽구나."

엄마가 속삭였다.

몰리와 네 명의 학생은 회계 담당자인 콜린의 차에 올라탔다. 그리고 맥신 테이트는 다른 차에 타서 앞장을 섰다.

몰리가 고개를 돌려 보니 기자들이 방송국 차를 몰고 뒤따라오고 있었다. 그들은 오늘 등교 시도와 관련된 소식을 하나라도 놓치지 않으려고 안간힘을 쓰고 있었다. 하긴 방송사에 한 획을 그을만한 엄청난 사건임이 틀림없었다.

"왜 이 길로 가요?"

콘래드가 물었다.

"센트럴 고등학교 방향이 아닌데요!"

콜린은 백미러로 콘래드를 바라보았다.

"경찰이 원래 가려던 길을 피하라고 일러 줬단다. 분리주의자들이 벌써 그 거리를 가로막고 있을 거라더구나."

"시작부터 흥미진진하네요."

콘래드가 재미있다는 듯 말했다.

몰리는 그와 함께 있는 게 좋았다. 그는 늘 분위기를 유쾌하게 만들었다.

조금 뒤 두 대의 차가 학교 근처에 도착했다. 한 무리의 사람들이 이미 현장을 지키고 있었다. 몰리는 지난번에 골목길에서 자신을 뒤쫓아 오던 사람도 그 무리에 섞여 있을 것만 같았다.

"저번보다 더 많이 모였는걸!"

마들렌느는 충격을 받았는지 작은 목소리로 중얼거렸다.

몰리가 그녀의 팔을 꽉 움켜쥐었다.

"걱정하지 마. 이번에는 모두 함께 있으니까."

그녀 역시 스스로 마음을 가라앉힐 필요가 있었다.

"생각할수록 제정신이 아니야. 백인들이 우리를 보려고 이렇게 먼길을 와 주셨으니 말이야. 그럴 줄 알았으면 머리라도 잘 빗고 오는 건데."

콘래드가 농담을 던졌다.

자동차가 오른쪽으로 핸들을 틀었다.

"사람들이 잘 드나들지 않는 문으로 통과할 거야."

콜린은 사람들의 질문을 미리 짐작이라도 하듯 먼저 설명했다.

"정문 통과가 그야말로 자살 행위라는 건 자세히 설명하지 않아도 잘 알겠지?"

좁은 골목까지 사람들로 가득했다. 그때 몰리의 눈에 십여 명의 경찰들이 철문 주위를 에워싸고 있는 게 들어왔다. 그 뒤쪽 바리케이드 너머로 사람들이 몰려들고 있었다. 다들 주먹 쥔 두 손을 높이 들어 올리고 욕설을 마구 쏟아 내고 있었다.

그때 맥신 테이트의 차가 속도를 늦추자 콜린이 굳어진 얼굴로 말했다.

"경찰들이 정문까지 너희를 경호할 거야. 교문을 통과할 수 있도록 어떻게든 사람들을 제치고 너희에게 공간을 열어 줄 테니, 서두르자."

몰리의 심장이 두방망이질 치기 시작했다. 몰리와 다른 학생들은 대단한 일을 해내고 있다는 자부심을 잃지 않으려 했지만 쉽지 않았다. 힘에 부치는 일이었다. 하지만 이제 그들이 앞으로 나아갈 순서였다. 자신의 힘으로 헤쳐 나가야 할 때가 온 것이다.

자동차 문이 열리자 우악스러운 외침들이 그대로 쏟아졌다.

몰리는 두 손으로 귀를 틀어막고 교문을 향해 아이들을 따라갔다. 여기저기서 경찰에게 저지당해 분노하는 군중의 고함이 들려왔다. 몰리는 번개를 피해 숨을 곳으로 뛰어들 듯 교문 안으로 달려갔다. 마침내 교문이 날카로운 쇳소리를 내며 닫히자 외침이 더 격렬해졌다. 몰리는 두 눈을 크게 떴다. 성공이다! 그들은 마침내 학교 안으로 들어온 것이다.

경찰의 안내를 따라 잿빛 계단을 통해 재빨리 올라갔다. 그때 갑자기 복도 중앙으로 백인 학생들이 와르르 몰려왔다. 하지만 마치 누군가 개미 떼 사이에 돌멩이를 놓기라도 한 것처럼 순식간에 학생들이 양옆으로 비켜섰다.

"세상에! 이제 끝이야. 깜둥이들이 여기 있다니!"

한 여학생이 하늘을 향해 두 팔을 뻗고 탄식을 쏟아 냈다.

몰리는 어디를 쳐다봐야 할지 몰라 당황했다. 학생들이 사방에서 달려왔다. 참기 힘든 끔찍한 소음이 이어졌다. 혼란 그 자체였다. 그 와중에 키가 작은 한 여자가 그 소란 속을 뚫고 다가왔다. 단정하게 차려입은 그녀는 그들에게 따라오라고 지시했다.

"서둘러요. 교장 선생님이 기다리고 계세요!"

몰리는 학교 내부가 어떤지 몹시 궁금했다. 돌아볼 여유도 없었지만 그보다 갑자기 호기심이 깨끗이 사라져 버렸다. 자동차에서 내린 뒤부터 모든 일이 정신없이 진행되었다. 그녀가 상상했던 것과는 너무나 달랐다.

그녀는 아이들을 따라 대리석으로 된 복도를 걸어갔다. 못마땅한 눈길과 모욕적인 말들이 계속 그들 주위를 따라다녔다.

"냄새 끝내주네!"

"깜둥이들은 꺼져!"

"제기랄, 저런 쥐새끼들을 설마 여기에 들어오게 내버려 두진 않겠지?"

몰리는 크게 놀랐다. 대다수의 백인이 통합 정책에 반대한다는 건 잘 알고 있었다. 하지만 적어도 또래 아이들은 마음이 더 열려 있지 않을까 기대했었다. 또 어느 정도의 교양을 갖췄을 거라고 믿었다.

몰리는 르로이 톰슨 교장의 방에 들어서고 나서야 겨우 숨을 쉴 수 있었다. 다리는 계속 떨렸다. 황금빛 거울에 비친 자신의 모습이 너무도 초췌해 보였다.

"자, 이게 여러분 시간표예요."

톰슨 교장은 의례적인 환영 인사를 짧게 마치고는 일정에 대해 설명했다.

"여기 있는 선생님들이 여러분을 교실로 안내해 주실 거예요."

비록 그의 말투가 면도날만큼이나 날카롭게 느껴졌으나 몰리는 그를 꼭 안아 주고 싶은 마음마저 들었다. 도저히 혼자서는 수백 명의 학생에게 대응할 용기가 나지 않았다.

아홉 명의 학생은 앞에 놓인 서류를 훑어보았다. 몰리는 눈썹을 찌푸렸다.

"왜 우리가 같은 반이 아니에요?"

"여러분은 통합을 원했고 이게 바로 원하던 바 아닌가요?"

교장은 날카로운 목소리로 반박했다.

몰리는 여전히 후들거리는 다리로 안내하는 선생님을 따라갔다.

블라우스에 단 배지에는 에스페란자* 산체라고 적혀 있었다. 몰리는 그녀의 이름을 읽으며 용기를 얻고 싶었다.

9시 33분, 몰리는 배정받은 반으로 들어갔다.

* **에스페란자** 스페인 어로 희망이라는 뜻이다.

“뭐라고? 우리 반이라니 말도 안 돼!”

안톤이 믿을 수 없다는 표정을 지으며 물었다.

“도대체 어떻게 그걸 받아들일 수 있는 거지?”

“안톤 말이 맞아!”

브루크는 반 아이들을 향해 소리쳤다.

“이건 완전 말도 안 되는 일이라니까. 어떻게 결정된 일인지 밝혀야 해.”

브루크는 단호하면서도 거만한 시선을 던지고 있었다. 그런 브루크를 보며 그레이스는 모녀가 꼭 닮았다고 생각했다. 놀라운 일이었다. 몇 년 안에 브루크가 엄마의 뒤를 이어 학부모 모임 회장직을 맡을 게 분명했다. 잘 말아 올린 머리 스타일만 갖춘다면 완벽할 텐데.

브루크의 제안에 다들 웅성거리며 지지 의사를 드러냈다. 역사를 가르치는 올슨 선생님은 건성으로 학생들을 진정시켰다.

"다들 조용! 선생님도 어쩔 수 없었어. 내가 그 아홉 명의 깜둥이들을 받아들이겠다고 결정한 건 아니라고!"

그녀는 '깜둥이'라고 말할 때 입술에 되도록 힘을 주지 않았다. 마치 그 말을 세게 발음하면 입술에 까만 물이라도 들 것처럼 말이다.

30여 분이 지나도록 학생들은 수업에 조금도 관심이 없었다. 올슨 선생님은 가끔 칠판에 몇 자 끄적거리며 툭툭 끊어지는 목소리로 지루한 수업을 이어 갔다.

그레이스는 연필 끝을 잘근잘근 깨물었다. 밀리인지 몰리인지 알 수 없는 흑인 애가 오면 수업을 제대로 할 수나 있을까. 그야말로 난장판이 벌어질 텐데.

"똑똑."

문 두드리는 소리가 나자 반 전체가 일제히 문 쪽을 바라보았다.

"음…… 들어와!"

올슨 선생님은 앙칼진 목소리로 말했다.

그레이스의 눈에 꼼짝하지 않고 서 있는 흑인 여자아이의 모습이 들어왔다. 반 학생들은 다들 소리를 지르고 야단이었다. 그 틈을 타 그레이스는 그 아이를 머리에서 발끝까지 샅샅이 살펴보았다. 새로 장만한 듯 보이는 흰 치마는 이미 한쪽이 심하게 구겨지고 더럽혀져 있었고 반질반질하게 윤을 낸 싸구려 신발을 신고 있었다. 얼굴에 화장기라고는 조금도 찾아볼 수 없었다. 그레이스는 툭 튀어나온 그 아이의 두 눈을 보며 누구도 그녀에게 이 학교에 들어오라고 강요한 적이 없다는 사실을 떠올렸다. 왠지 그 아이의 모습에서 알 수 없는 조화로움이 느껴졌다. 인정하고 싶지 않았지만 사실이었다. 심지어 또렷하게 기억되는 그런 조화로움이었다. 옷을 조금만 잘 차려입었다면 바라볼수록 기분 좋아지는 그런 인상이었다.

에스페란자가 몰리 코스텔로의 귀에 대고 몇 마디 속삭였다. 마치 누군가 포크로 엉덩이를 찌르기라도 한 것처럼 몰리는 앞으로 불쑥 튀어 나갔다. 몰리는 당황한 표정을 감추지 못하고 교실의 빈자리로 걸어갔다.

수군거리는 소리 사이로 안톤의 빈정대는 목소리가 또렷하게 들렸다.

"세상에, 감히 어떻게! 우리는 서른 명이고 넌 혼자라고, 이 깜둥아! 당장 여기서 나가는 게 신상에 좋을 텐데!"

올슨 선생님은 못 들은 척하면서 다시 수업을 이어 가려고 했다. 그러면서 두 손으로 탁자를 내리쳤다.

"자, 12장 펼쳐라!"

안톤이 자리에서 벌떡 일어섰다.

"그렇다면 차라리 제가 나가겠어요!"

네 명의 학생들도 그의 뒤를 따라 교실 밖으로 나갔다.

그레이스는 교실에 남아 있는 다른 학생들처럼 자리를 지켰다. 쉬는 시간이 되자 모두 어딘가 굼떠 보이는 몰리의 태도를 비난하는 데 정신이 팔려 있었다.

"세상에 재 좀 봐. 어떻게 저런 옷을 입고 다니지?"

브루크가 혐오스럽다는 말투로 말했다.

"머리는 또 어떻고? 어떻게 저런 헤어스타일을 할 수 있는지 도저히 모르겠다."

도로시는 헛웃음을 터트렸다.

"말이 좀 심하네. 그다지 이상해 보이진 않는데……."

주디가 중얼거리는 소리를 듣고 브루크와 도로시가 뒤를 휙 돌아보았다. 브루크는 주디를 노려보며 마치 어린애들에게 말하듯 한 마디 한 마디에 힘을 줘 가며 말했다.

"뭐. 라. 고?"

그레이스는 벌겋게 달아오른 주디의 얼굴을 보며 연민을 느끼지 않을 수 없었다. 대화 주제를 다른 곳으로 돌리는 게 좋을 것 같았다.

"벌써 열 시야. 곧 수업 시작종이 울리겠어. 저 애 이따 체육 시간에도 참여할까?"

순간 도로시는 어떤 생각이 번뜩 떠올랐다.

"설마 우리랑 같이 샤워를 하는 건 아니겠지……. 게다가 화장실은 어떻게 하지?"

브루크가 대롱대롱 매달린 곱슬머리를 흔들었다.

"말도 안 돼! 그건 법으로 금지된 거잖아!"

"맞아. 오래전부터 그런 법을 다양하게 만들어 왔지."

그레이스는 수업 종소리를 들으며 지적했다.

몰리는 학교에 발을 들여놓은 뒤부터 어떻게 해야 할지 몰라 당황했다. 목표가 사라져 버린 그녀는 에스페란자 선생님 뒤에 숨어서 날아오는 운석들을 피하는 것밖에 할 수 없었다.

몰리는 어릴 때부터 백인들의 무시와 멸시를 겪으며 자랐다. 그나마 무시당하는 것은 참을 만했다. 하지만 지금과 같이 자신을 향해 집중된 폭력에 직면한 적은 없었다. 한 마디로 끔찍했다.

몰리는 어디선가 느닷없이 날아온 철자를 가까스로 피할 수 있었다. 자는 그대로 바닥에 곤두박질쳤다. 그녀의 사촌 마에의 말이 옳았다. 도대체 왜 이런 말도 안 되는 일에 뛰어들었는지. 완전히 미친 짓이었다.

"다음 시간은 뭐지? 어디로 가야 하는데?"

에스페란자가 쌀쌀맞은 목소리로 물었다.

몰리는 허둥지둥 시간표를 들여다보았다. 손에 쥔 종잇장이 바르르 떨렸다.

"체육 시간인 것 같아요."

에스페란자가 한숨을 내쉬었다.

"학교 밖으로 나가야겠네. 체육 수업은 공설 운동장에서 하니 거기까지 데려다 줄게. 자, 빨리 가자. 사람들 눈에 띄지 않게 조심하고."

다른 사람들 눈에 띄지 말라고? 몰리의 머릿속에는 미친 사람처럼 낄낄대는 웃음소리가 울리는 것만 같았다.

공설 운동장에서는 이미 여자아이들이 팀을 나눠 배구 시합을 하고 있었다. 체육 담당 교사는 여자 선생님이었다. 키가 크고 운동선수처럼 탄탄한 몸을 가진 선생님이 몰리를 향해 웃으며 다가왔다. 그러고는 무리에 들어오라고 했다. 그녀의 눈빛에 어떤 적대감도 보이지 않자 안도했다. 몰리는 자기가 마치 하수구 구멍에 스멀거리며 기어 다니는 바퀴벌레가 된 것 같았다.

몰리는 쿵쾅거리는 심장을 겨우 진정시키고, 운동장 가운데로 걸어갔다. 그러면서 경기에 몰두하려고 애썼다. 다행히도 그녀는 경기 규칙을 잘 알고 있었다. 특히 배구는 꽤 잘하는 편이었다. 좋아, 다른 아이들 눈에 완전히 바보 같아 보이진 않겠지.

경기를 하던 학생들이 일제히 멈춰 섰다. 다들 허리춤에 두 손을 올리고 쌀쌀맞은 눈길로 몰리를 쳐다보았다.

교사의 호루라기 소리와 함께 다시 경기가 시작되었다. 몰리는 공에 집중하려고 애썼다. 그래야 다른 아이들의 사나운 시선을 피할 수 있었다. 적어도 그녀는 어떻게 행동해야 할지 잘 알고 있었다. 2년 전 에메트 틸 사건* 이후 터득한 생존법이었다.

공이 여러 차례 그녀의 귓가를 스쳐 갔다. 그런데 아무리 애를 써도 한 번도 공을 만질 수가 없었다. 그제야 목표물이 바로 자신의 얼굴이었다는 사실을 깨달았다.

그때 어디선가 다시 공이 날아왔다. 피하기에는 너무 늦었다. 몰리는 두 손으로 머리를 감싸고 그 자리에서 휘청거렸다. 눈이 파르르 떨렸다.

"와아……!"

키 큰 금발의 여자아이가 이를 드러내고 씩 웃으며 소리쳤다.

몰리는 절룩거리며 운동장 한쪽으로 물러났다. 학교에 들어온 지 반나절도 채 되지 않아 그녀 안에 있던 열정과 호기심은 모두 사라져 버렸다. 마지막 충격 때문에 더 이상 화를 참고는 한 발짝도 앞으로 나아갈 수 없었다. 온종일 긴장하고 있으려니 몸도 완전히 지쳐 버렸다. 온갖 생각들이 뒤섞이면서 딱 한 가지 생각만 떠올랐다. 당장 집에 돌아가고 싶었다.

몰리는 터치라인을 벗어나 가서 학교의 상징 색을 칠한 작은 벤치 위에 무너지듯 내려앉았다. 머리가 지독하리만큼 쑤셔 왔다. 있는

***에메트 틸 사건** 1955년에 에메트 틸이라는 흑인 십 대 소년이 미시시피주에서 백인 여성을 성희롱했다는 이유로 백인들에게 살해당한 사건으로 그의 죽음은 아프리카계 미국인 인권 운동이 일어나는 촉매가 되었다.

힘껏 공을 던진 게 분명했다.

체육 선생님이 몰리에게 다가와 무릎을 꿇고 앉았다. 자기와 눈높이를 맞추려는 선생님을 보고 그녀는 그만 울음을 터트렸다. 지금까지 어떤 백인도 그녀처럼 행동한 적이 없었다.

"몰리, 탈의실에 가 있어도 된단다."

몰리는 한없이 부드러운 그녀의 목소리에 매달리고 싶었다. 이 사람은 왜 이렇게 친절하게 대해 주는 거지?

몰리는 땅에 머리를 곤두박질하지 않고 탈의실까지 걸어갈 수 있을지 장담할 수 없었다. 그녀가 천천히 고개를 들었다. 그런데 거리 쪽을 돌아보자 철책 뒤로 사람들이 구름 떼처럼 몰려들고 있었다. 맨 앞줄에 있는 여자들이 철책을 마구 뒤흔들었다. 그들의 고함에 몰리의 머릿속은 온통 뒤죽박죽되어 버렸다. 탈의실에서 나오면서 봤을 때는 아무도 없었다. 그런데 순식간에 열다섯 명으로 늘더니 이내 점점 더 많아졌다.

"이게 도대체……?"

체육 선생님도 몰리와 같은 판단을 했는지 말을 끝맺지 못했다.

얼굴엔 당황한 기색이 역력했다. 여자들이 철책을 기어오르고 있었던 것이다. 몰리는 본능적으로 벤치에서 벌떡 일어났다. 마치 누군가 머리에 칼을 꽂은 것만 같았다.

"저 애 잡아!"

거구의 여자들은 철책 뒤에 남아 소리를 질러 댔다.

선생님은 몰리를 탈의실 쪽으로 밀었다.

"빨리 안으로 들어가! 경찰을 부를 테니!"

몰리는 정신없이 달리기 시작했다. 하지만 머리에 칼이 꽂힌 듯한 느낌 때문에 걸음을 내디딜 때마다 이마 아래쪽으로 고통이 꿰뚫고 지나갔다.

몰리 뒤로 목소리들이 뒤엉키며 윙윙거렸는데, 마치 깊은 물속으로 미끄러져 들어가는 것만 같았다. 그녀는 두 눈을 찡그렸다. 탈의실 건물까지의 거리가 너무 멀게만 느껴졌다. 늪에 발이 푹푹 빠지는 기분이었다.

그녀는 계속 달렸다. 눈앞은 뿌옇게 흐려지고 두 다리는 제멋대로 움직였다. 기절하기 바로 직전에 탈의실 문에 손이 닿았다. 손잡이를 잡으려 했지만 헛손질을 했다. 그녀는 두 눈을 비비고 다시 손잡이를 향해 손을 뻗었다. 드디어 문이 열렸다. 그녀는 안으로 빨려 들어가다시피 뛰어들었다. 이어 젖 먹던 힘을 다해 문을 잠갔다.

복도에 있던 에스페란자가 잡지를 든 채 자리에서 벌떡 일어났다.

"무슨 일이야? 벌써 피곤한 거야?"

곧이어 굳게 닫힌 문을 두드리는 소리가 요란하게 울렸다.

몰리는 안내 교사의 모습이 휘청거리는 듯 보이더니 그대로 타일 바닥에 쓰러졌다.

오후 1시경, 경찰들이 몰리를 집으로 데려다 주었다.

"첫날 신고식을 톡톡히 치렀네."

요란하게 사이렌을 울리며 달리는 차 안에서 경찰들이 말했다.

몰리는 그제야 안심할 수 있었다. 경찰차를 겨냥한 돌멩이가 부딪치는 소리조차 들리지 않을 정도였다.

십여 분 뒤, 경찰차가 집 앞에 멈춰 섰다. 차 문이 열리자 몰리의 눈에 현관 계단 앞에서 기다리고 있는 할머니의 모습이 제일 먼저 들어왔다. 할머니는 어쩔 줄 몰라 두 손을 비비며 두려움을 삭이고 있었다. 그런 할머니의 모습을 보면서 몰리는 정신이 돌아온 게 후회될 정도로 마음이 아팠다. 폭행을 저지르려 했다는 건 이미 라디오를 통해 다 들었을 텐데. 어떤 과장된 표현이 나왔을지는 짐작하고도 남을 정도였다.

"여성들은 떼 지어 학교 철책을 기어올라 몰리 코스텔로를 공격하려고 했습니다. 치마가 찢기는 것도 괘념하지 않았습니다. 이 소식을 전하는 지금까지도 불쌍한 그 여학생에게 어떤 일이 벌어졌는지 알 수 없는 상황입니다."

몰리는 크게 한숨을 내쉬었고, 먼지를 뒤집어써서 시꺼먼 걸레처럼 되어 버린 치마를 손으로 털어 냈다. 그녀는 차에서 내리면서 허리를 곧게 펴려고 힘을 주었다. 작고 어린 소녀가 견디기에는 힘겨웠던 경악과 고통 그리고 절망의 시간을 떨쳐 내려 했다.

할머니는 그들이 어린 손녀에게 한 짓을 깨닫고는 손으로 입을 막은 채 꼼짝도 하지 못했다. 할머니의 눈가에는 눈물이 가득 차올랐다. 몰리는 할머니의 손을 잡고는 할머니의 목덜미에 코를 파묻었다. 치자나무 냄새가 났다. 너무나 향기롭고 마음을 편안하게 해 주는 향기였다. 둘은 서로 끌어안았다. 그 시간이 2초, 2분, 2년처럼 한

없이 길게 느껴졌다.

30여 분 후 온수기 물을 다 비울 때까지 샤워를 한 몰리는 말끔해진 모습으로 거실에 나타났다.

할머니에게 뭔가 말을 해야 한다는 것을 알고 있었다. 그대로 입을 다물고 하루가 어떻게 지나갔는지를 할머니가 상상하도록 내버려둘 수는 없었다.

샤워기 아래 하수구 망 아래로 비누 거품이 사라지는 것을 보면서 모든 것으로부터 거리를 두고 객관적으로 바라보리라 마음먹었다. 가능한 한 예민한 감정에 휩싸이지 않고 사실만을 직시하리라 다짐했다. 자신이 얼마나 놀라고 실망했는지, 속이 얼마나 울렁거렸는지, 그러면서 거칠게 버림받은 절망감에 휩싸인 기분이 어땠고, 그 때문에 얼마나 가슴 아팠는지는 얘기하지 않기로 했다. 또한 집으로 돌아오는 길에 수없이 자신에게 되물었던 질문에 대해서는 한마디도 하지 않으리라 다짐했다.

다시 지옥 속으로 돌아갈 수 있을까? 만일 그 자리에서 쓰러진다면 무슨 일이 일어날까? 모든 게 예전처럼 돌아갈 수 있을까? 몰리는 더는 떠올리고 싶지 않아서 누군가 자기 대신 모든 걸 결정해 주었으면 좋겠다고 생각했다.

몰리는 할머니가 가져다준 우유 잔을 앞에 놓고 앉아 있었다. 천천히 유리잔을 들어 입술에 갖다 댔다. 우유를 단숨에 삼키지 않고 몇 초간 입안에 머금었다. 단순하고 명료한 감각이 그녀를 행복하게 해 주었다.

현관문이 활짝 열리면서 엄마가 뛰어들어 왔다.

"하느님 맙소사, 우리 딸이 살아 있구나! 다시는 그곳에 발도 들이지 마! 엄마 말 명심해. 절대로!"

"이제 다 괜찮아요. 엄마, 아무 문제 없어요."

몰리는 자신의 입에서 흘러나오는 말을 듣고 있었다.

다음 날 몰리는 맥신 테이트의 충고대로 집에 머물렀다. 다른 여덟 명의 학생들도 비슷한 지옥을 경험했기에 모두 집에 있었다. 센트럴 고등학교에서는 흑인 추방 운동이 시작되었다.

몰리는 텔레비전 앞에 앉아 생각을 정리해 보려고 애썼다. 이런 훈련이 이제는 너무 자연스러웠다. 그녀는 한 달 전보다 자신을 더 잘 알게 되었다. 맥신 테이트가 주도하는 세미나에서 학생들은 난관을 무릅쓰고 통합 정책을 포기하지 말아야 한다는 결론을 내렸다. 끝까지 해보기로 했다. 모든 이에게 흑인이 희생자도 아니고 비겁한 사람도 아니라는 것, 희망과 용기는 그 어떤 색깔도 없다는 것을 증명해야 했다.

그렇지만 몰리는 정말 학교로 돌아가고 싶지 않았다. 흑인 사회의 이익을 대변하기 위해 다시 자신이 먹이로 내던져지는 일만큼은 피하고 싶었다. 그렇다면 어떻게 해야 하는 걸까? 정답이 없는 질문이었다.

텔레비전에서는 세련되어 보이는 예쁜 여자가 하얀 레이스 앞치마를 두르고는 새로운 크림 만드는 법에 대해 열심히 얘기하고 있었다. 몰리는 채널을 돌리려고 자리에서 일어났다가 갑자기 나타난 아이젠하워 대통령의 얼굴을 보고는 눈을 찡그렸다. 그를 텔레비전에서 보는 건 흔한 일이 아니었다. 몰리는 그의 말을 들으려고 카펫 위에 앉았다.

몇 분 뒤, 할머니가 그녀 곁으로 다가왔을 때 몰리는 지금 막 들은 연설의 충격에서 헤어나지 못하고 있었다. 생각지도 못한 믿을 수 없는 일이 일어난 것이다.

"왜 그러고 있니? 무슨 일이야?"

할머니가 물었다.

"무장한 공산주의자들이라도 쳐들어온 거니?"

몰리는 고개를 가로저었다. 할머니는 절대 상상도 하지 못할 일이었다.

아이젠하워 대통령이 연방육군 101 공수사단을 보내 이번 사건에 직접 개입하겠다고 발표했다. 101 공수사단은 전 세계에서 전쟁을 치렀던 정예 부대였다. 내일이면 리틀록에 수천 명의 대원들이 비행기에서 낙하산을 펴고 내려올 것이다. 몰리와 여덟 명의 학생들이 안전하게 수업을 들을 수 있도록 보호하기 위해서였다.

몰리는 할머니에게 설명하면서 온몸에 소름이 돋았다. 할머니는 팔을 뻗어 손녀의 어깨를 다정히 감쌌다.

"하느님이 우리의 기도를 들어주셨구나. 이제 학교로 돌아갈 수 있을 거다. 그 어떤 것도 우리가 앞으로 나아가는 것을 막을 수 없을 거야."

벌써 일주일째 그레이스는 매일 아침 아이젠하워 대통령이 파견한 연방군 앞을 지나가야 했다. 군사 전략 같은 건 전혀 몰랐지만 적어도 군인들이 각자 자기 구역을 맡고 있다는 것쯤은 눈치챌 수 있었다. 대부분이 늘 같은 자리에서 꼼짝하지 않았다. 정문, 후문, 화장실 부근, 복도의 사각지대, 그리고 숨어 있다가 느닷없이 공격하기 안성맞춤인 후미진 곳들도 어김없이 지키고 있었다.

그레이스는 곧바로 교실로 가는 계단을 오르는 대신 오른쪽 복도를 거쳐 돌아서 갔다. 며칠 전 수줍음이 많은 젊은 군인의 얼굴을 익힌 뒤부터 재미 삼아 그 앞을 지나다녔다. 마치 열병식을 하듯 지나치며 살짝 미소를 지으면 그는 어쩔 줄 몰라 했다.

그레이스의 예상대로 이번에도 그의 얼굴은 붉게 달아올랐다. 그녀는 그의 반응을 즐기며 걸어갔다. 1층을 빙 돌아가는 건 번거로운 일이었다. 그래도 이렇게 고개를 들고 당당하게 등을 펴고 걸으면 기분이 좋아졌다. 언제든지 쉐우드와 마주칠 수 있는데 너무 무방비한 것은 아닌가 싶긴 했다.

그녀는 계단을 올라갔다. 새 구두가 돌계단에 닿을 때마다 또각또각 소리가 났다. 그 소리를 음미하면서 쉐우드를 떠올렸다. 그가 이미 여러 번 관심이 있다는 표현을 해 왔기 때문에 이번 전투가 승리로 끝날 거라는 확신이 있었다. 조금만 더 노력하면 그레이스는 틀림없이 학년 말 파티에서 쉐우드 샌더의 파트너가 될 것이었다. 값비싼 원피스를 입고 스타킹만 신을 수 있으면 더 바랄 게 없을 텐데.

3층 복도로 막 꺾어지다 모퉁이에서 팸플릿을 나눠 주느라 정신이 없는 브루크와 부딪칠 뻔했다. 그레이스는 떨어지려는 종이 한 장을 낚아챘다.

우리는 포위당한 나라에서 살고 있습니다.
우리의 권리와 안전 보장을 위해 다 함께 저항합시다!
어제도 분리!
오늘도 분리!
내일도 분리!

그레이스는 종이를 구겨서 원피스 주름에 가려진 주머니 속에 슬그머니 넣었다. 아이젠하워 대통령을 흑인 옹호주의자라며 따르는 이들처럼 특별히 흑인의 인권을 주장하려는 생각은 아니었다. 하지만 그녀 나름대로 아홉 명의 흑인 학생들을 함부로 대하는 게 과연 정당한지 자신에게 묻곤 했다. 솔직히 백인 학생들은 그들을 잘 알지 못한다. 그저 목소리나 들어본 게 전부가 아닌가. 게다가 누구도 그들과 함께 공부하라고 강요하지 않을 뿐만 아니라 말을 걸어 주라고 명령하는 사람도 없다. 원한다면 얼마든지 그들의 존재 자체를 무시할 수도 있었다.

그레이스는 브루크와 눈이 마주쳤다. 브루크가 50여 장의 팸플릿을 건네며 말했다.

"자, 이거 받아. 나 좀 도와줘."

브루크는 대답도 듣지 않고 그레이스의 손에 종이 뭉치를 올려놓았다. 그레이스는 이를 꽉 물었다. 이런 종이 쪼가리나 나눠 줄 만큼 한가하지도 않았고, 전단 때문에 손이 더러워지는 바람에 기분이 상했던 것이다. 조금씩 브루크의 무례한 행동에 짜증이 나던 참이었다. 브루크는 왜 이 일에 이토록 매달리면서 만나는 사람 모두를 설득하려는 걸까? 대부분의 학생들은 아홉 명의 흑인 학생이 학교에서 추방되는 것을 원하고 있었다.

하지만 그레이스는 분명히 짚고 넘어갈 것이 있다고 생각했다. 이미 통합 정책은 시행되었다. 그렇다면 그들과 같이 지내는 데 익숙해지는 게 훨씬 수월하지 않을까. 내년에는 입학을 원하는 흑인 학생 수가 훨씬 늘어날지도 모를 일이었다.

물론 그녀는 자기 생각을 결코 밖으로 드러내지 않았다. 더욱이 쉐우드 같은 대어를 낚기 직전인데 그의 여동생인 브루크와 껄끄러운 사이가 될 이유는 없었다.

그레이스는 복도 끝으로 걸어가다 브루크의 시야에서 완전히 벗어났다는 확신이 들자 곧바로 처음 발견한 쓰레기통에 전단 더미를 쑤셔 넣었다.

손이 얼마나 더러워졌는지 살피는데 몰리 코스텔로의 모습이 눈에 들어왔다. 그녀 옆에는 경호 군인이 언제나 따라다녔다.

그레이스는 경호 군인들이 과연 얼마 동안이나 교내에 주둔할지 궁금했다. 브루크의 어머니가 어느 라디오 방송에 출연해 이렇게 지내는 건 미친 짓이라며 고함을 지르는 걸 들은 기억이 났다.

"우리의 피 같은 세금으로 왜 깜둥이들의 신변을 보호해 줘야 합니까? 이게 말이 됩니까? 자그마치 3백만 달러입니다! 네, 여러분, 잘못 들은 게 절대 아닙니다. 3백만 달러입니다."

그레이스는 교실 쪽으로 돌아오면서 그 돈으로 무엇을 할 수 있을까 머리를 굴려 보았다. 치마와 신발로 환산하면 엄청나게 커다란 옷장이 필요하겠지. 그때 안톤의 목소리가 들리자 그녀는 다시 현실로 돌아왔다. 안톤의 손가락이 몰리를 가리키고 있었다.

"애들아, 여기 누가 납시었는지 좀 보라고! 누구 땅콩 있는 사람 없니?"

아이들이 낄낄대며 몰리의 등을 툭툭 쳤고, 안톤은 그 옆에서 원숭이 흉내를 내기 시작했다. 반 전체가 웃음바다가 됐다.

그레이스는 몰리의 모습을 가만히 지켜보았다. 그녀는 조금도 걸음을 늦추지 않았다. 그레이스는 그녀의 용기와 확고한 의지가 존경스럽기까지 했다. 개학 날 힘든 일을 겪고도 어떻게 저리 침착할 수 있을까. 그레이스는 스스로 인내심이 강한 편이라 생각했지만 만약 몰리와 같은 상황에 처했다면 다시는 학교로 돌아올 엄두를 내지 못했을 것이다. 아니, 화를 못 참고 제일 먼저 마주치는 백인 학생에게 달려들어 눈이라도 마구 찌르지 않았을까.

하지만 몰리는 매일 학교에 왔다. 두 눈을 떨군 채 어떤 협박이나 조롱도 모두 조용히 감내했다. 그런 태연한 태도가 오히려 학생들의 화를 돋웠고 몇몇 아이들은 경호 군인이 옆에 있어도 아랑곳하지 않고 그녀를 놀려 대기도 했다. 그녀나 혹은 다른 흑인 학생이 카페테리아에 들어오면 이내 짐승 울음 같은 고함이 곳곳에서 터져 나왔고, 먹을 걸 던지거나 어떤 때는 음료수 캔까지 마구 던졌다. 노르마 웰스는 뒤통수에 콜라병을 맞은 바람에 접시에 얼굴을 파묻기도 했다. 다들 주먹과 포크로 탁자를 치면서 미친 듯이 낄낄거렸다. 노르마는 바로 식당에서 뛰어나와 쏟아지는 코피를 막느라 정신이 없었다. 결국 학교가 나서서 아이들을 진정시켰고, 겨우 정리되었다. 그 사건 이후 흑인 학생들은 학교에서 마련해 준 방에 따로 모여 점심을 먹게 되었다. 이게 무슨 통합 정책이람!

그레이스는 교실 안으로 들어가는 몰리를 바라보았다. 수업이 시작될 때까지 남은 시간 동안 늘 앉던 자리에서 기다리려는 듯했다. 그 자리에 다른 아이가 앉는 일은 절대 없었다.

선생님이 들어오고, 그레이스도 자리에 앉았다. 가방에서 소지품을 꺼내던 그레이스는 도로시가 몰리 곁에 다가가 앉는 것을 보고 깜짝 놀랐다.

◆◇◆◇◆◇◆◇◆◇◆◇◆◇◆◇◆◇◆

수업이 끝나고 그레이스가 학교에서 나온 시간은 오후 5시였다. 하늘은 여전히 파랬지만 날씨는 꽤 쌀쌀했다. 완연한 가을이었다.

그녀는 남매를 기다리고 있는 아빠에게 가려고 주차장 쪽으로 걸어갔다. 그때 유난히 반짝거리는 파란색 차 한 대가 갑자기 엄청난 속도로 미친 듯이 지나갔다. 운전석에 앉은 남학생의 모습이 얼핏 보였다. 아빠가 이런 꼴을 못 보셔야 할 텐데. 그랬다간 아무리 운전면허를 딴다 해도 차를 몰지 못하게 할걸.

차가 멀리 사라지는 걸 보면서 그레이스는 역사 시간에 일어난 일을 떠올렸다.

그레이스는 몰리 가까이에 앉는 도로시를 보면서 브루크에게 의아하다는 눈짓을 보냈다. 그러자 브루크는 걱정하지 말라는 듯 머리를 끄덕였다. 수업 시간 내내 그레이스는 불길한 예감을 떨칠 수 없었다.

그런데 걱정했던 것과 달리 아무 일도 일어나지 않았다. 물론 온갖 욕설들로 시끄러운 건 여전했고, 인종 차별적인 말을 적은 쪽지를 반 전체에 돌리기도 했다. 심지어 안톤은 흑인들의 피부를 벗겨서 피가 무슨 색인지 확인해 봐야 한다는 말까지 했다. 몰리를 보호하는 군인이 안톤을 노려보자 그제서야 겨우 흥분을 가라앉혔다.

상황이 수상하게 돌아가기 시작한 건 수업이 거의 끝날 무렵이었다. 그레이스는 도로시가 몰리에게 말을 거는 모습을 보았다. 처음 있는 일이었다. 몰리는 놀라서 도로시를 물끄러미 바라보았다. 두 눈을 크게 뜬 채 입을 벌리고 있었다. 마치 생선 가게에 진열된 송어 같았다. 그러다 수업 종이 울리자 급히 교실에서 빠져나와 군인 뒤를 바싹 따라서 사라졌던 것이다.

그레이스는 주차장 맞은편 길에 도착했다. 한쪽 구석에서 아빠가 시동을 걸고 있었다. 오빠는 이미 차 안에 있었다. 둘은 라디오를 틀어 놓고 그레이스를 기다리면서 그날 있었던 일들을 얘기하는 모양이었다. 아빠는 개학 이후 학교에서 벌어지는 일들을 자세히 알고 싶어 했다.

길을 건너던 그레이스는 도로 가운데 고양이 한 마리가 죽어 있는 걸 발견했다. 방금 지나간 차에 치인 것 같았다. 붉은 핏자국이 선명했고 옆구리에서는 푸르스름한 무언가가 삐져나와 있었다. 여기저기 튕기며 굴러다닌 것 같았다. 그레이스는 파란 차를 떠올리며 한쪽으로 피했다. 구역질이 올라왔다.

몰리는 잠에서 깨자마자 늘 그랬듯이 학교에 가야 한다고 생각했다. 가운을 걸치고 아침을 먹으러 부엌으로 내려왔다.

시간이 지나면 상황이 차츰 나아질 거라고 믿었다. 하지만 하루하루 지날수록 점점 더 끔찍해졌다. 통합 정책이 시행되고 있었지만 정작 흑인 학생들의 안전은 교내에 머무르는 군인들이 보호해 주고 있었다. 그렇다고 백인들이 모든 걸 포기한 건 아니었다. 그들은 단지 방법을 바꾸었을 뿐이었다.

"그들의 전략은 아주 간단해."

어제 점심시간에 콘래드가 설명했다.

"우리가 실수를 하도록 자극하는 거지. 우리 중 누군가 발끈하기만을 기다리면서, 하이에나처럼 그 순간을 노리고 있는 거라고……."

"그 순간이라고?"

마들렌느가 물었다.

"그래 그 순간, 쾅! 조금만 잘못해도 당장 우리를 쫓아 버리려는 거야. 학교 운영위원회 역시 그때만 노리고 있는 거고. 왜냐하면 법이 우리 편이라 우리를 퇴학시키려면 스스로 부적절한 행동을 저지르게 해야 하니까."

"부적절한 행동이라고? 자기들은 어떻고?"

텔마가 씁쓸한 표정을 지으며 톡 쏘아붙였다. 몰리는 길게 한숨을 내쉬었다.

"똑같은 행동이라도 흑인과 백인, 누가 하느냐에 따라 완전히 다르지. 하룻밤 사이에도 얼마든지 다른 판결이 내릴 수 있고. 말하자면 백인은 얼마든지 흑인을 조롱하고, 얼굴에 침을 뱉고, 때리고, 가로등에 매달아도 돼. 그래도 그들의 행동은 정당하다고 여겨지지. 흑인들은 조금도 반항해서는 안 되고 그대로 다 감수해야 하는 거고."

몰리가 덧붙였다.

"다른 방법도 있어. 우리가 알아서 떠나는 거야."

그녀는 종종 그것도 하나의 해결책이라고 생각했다.

몰리는 오목한 접시와 수저를 꺼냈다. 예전처럼 입맛이 돌아온 건 아니지만 그나마 오트밀은 몇 숟갈 떠넘길 수 있었다. 아이젠하워 대통령이 파견한 연방군, 특히 그녀의 '수호천사'인 대니 덕분에 적어도 생명의 위협을 느끼지는 않았다.

"괜찮니?"

부엌 문턱에 서서 할머니가 물었다.

"늘 그렇죠, 뭐."

몰리는 할머니 쪽을 보면서 작은 목소리로 대답했다.

몰리가 탁자에 자리를 잡고 앉자, 할머니가 맞은편에 앉았다. 할머니는 잔잔한 꽃무늬 잠옷 차림이었다. 할머니가 몰리의 손을 덥석 잡았다. 몰리는 주름진 할머니의 손을 보며 피부색과는 상관없이 누구나 나이가 들면 피부에 주름이 지는구나, 하고 생각했다.

"몰리야, 이 할미는 네가 학교에서 어떻게 지내고 있는지 잘 모른단다. 아주 힘들 거라는 것밖에는."

몰리는 침을 삼켰다. 누구도 자기가 어떤 기분인지 알 수 없을 것이다. 아홉 명의 학생들 외에는 그 누구도 열다섯 살 나이에 온종일 철저히 무시당한다는 게 뭔지, 혼자 따돌림당한다는 게 뭔지 알 수 없을 것이다. 몰리는 점심시간 외에는 같이 이야기할 사람이 하나도 없었다. 온갖 욕설과 모욕적인 말들에 두터운 방어막을 칠수록 끔찍한 외로움 속에 고립되어야 했다. 쉽지 않은 일이었다.

몰리는 예전부터 스스로에게 물었던 질문들을 쉴 새 없이 할머니에게 던졌다.

"왜 그들은 저를 몰리라는 한 사람으로 생각하지 않는 거예요? 어째서 피부색만 가지고 판단하는 거죠? 왜……."

"쉿……."

할머니는 촉촉하게 젖은 눈으로 몰리를 바라보았다.

몰리의 질문이 마음을 쥐어짜는 듯 아프게 했지만 할머니는 가슴에 손을 얹으며 마음을 가다듬었다.

"얘야, 한 가지만은 꼭 기억하렴. 저들은 네게 개인적인 원한이 있어서 그러는 게 아니란다. 이미 아주 오래전부터 그래 왔어."

몰리는 눈썹을 찌푸렸다.

"그렇다면 우리가 이런다고 아무것도 달라지지 않겠네요?"

"달라지고말고. 이 할미는 하느님을 믿는단다. 남부 지역도 크게 변할 거야. 하느님이 몽고메리에는 로자 파크스*를 보내셨듯이 오늘은 너희 아홉 명을 살피고 계신단다. 바로 너를 지켜보고 계시지. 몰리 코스텔로를."

몰리는 할머니를 뚫어지게 바라보았다. 한 번도 그렇게 생각해 본 적이 없었지만 어쩌면 정말 하느님께서 지금 이 순간 자신을 이끌고 있는지도 모르겠다. 하느님의 뜻이 이루어지도록 말이다. 이 모든 일이 자신의 잘못이 아니라는 생각에 한결 마음이 가벼워졌다.

몰리는 용기가 솟는 것 같았다. 오늘도 학교에 갈 것이다. 내일도 그리고 내일모레도. 경호 군인인 대니가 보호해 주는 한 위험하지 않겠지. 나머지는 하느님께서 알아서 해 주실 거다. 할머니 말이 옳다. 자신감을 잃지 말고 희망을 버리지 말아야지. 하느님이 그녀를 혼자 내버려 둘 것 같지 않았다. 만일 그렇다면 하느님이 이 세상에 존재하지 않는다는 뜻이겠지만 그건 말도 안 되는 일일 테니까.

***로자 파크스** 아프리카계 미국인 인권 운동가로 '현대 인권 운동의 어머니'로 불린다. 1955년 12월 1일, 앨라배마주 몽고메리에서 백인 승객에게 자리를 양보하라는 운전사의 지시를 거부하여 경찰에 체포되었다. 이 사건은 몽고메리 버스 보이콧으로 이어져 382일 동안 계속되었고, 인종 분리에 대한 저항 운동으로 번졌다.

게다가 어제 역사 시간에는 도로시가 자신을 보고 웃어 주지 않았던가?

아침 10시, 수업이 시작될 시간이다. 그레이스와 주디는 교실 앞에서 마주쳤다. 내성적인 주디에 비해 그레이스는 꽤 활달한 편이었고 브루크와도 친했다. 그런데도 지금은 왠지 브루크가 어색하게 느껴졌다.

브루크는 교실에서 도로시와 팔짱을 끼고 있었다. 뭔가를 계획하는 공모자들처럼 초조해 보였다. 그레이스는 다시 혼란스러웠다. 기분 나쁜 일이 벌어질 것만 같았다.

그녀는 주디의 팔꿈치를 툭 쳤다.

"오늘 재들 좀 이상해 보이지 않니?"

주디가 고개를 끄덕였다.

"아무래도 저 애한테 무슨 짓을 할 것 같아."

그레이스는 브루크와 도로시에게 다가갔다.

"안녕, 애들아!"

"안녕!"

주디가 놀란 듯 인사를 했다.

"브루크, 머리 스타일 정말 예쁘다."

브루크는 아무 대답도 하지 않고 조금 전에 파악한 그레이스의 모피 칼라를 응시하고 있었다. 부드러운 새틴 끈이 어깨에 옷깃을 고정해 주고 있었다.

"옷이 잘 어울려, 그레이스."

그레이스가 미소를 지어 보였다. 벌써 세 번째 듣는 칭찬이었다. 꽤 고심하며 고른 보람이 있었다.

"어디서 샀어?"

그레이스는 준비한 대답을 했다.

"외삼촌이 선물해 준 거야. 파리에서 오셨거든."

과연 브루크가 이 말을 믿을까? 그렇다고 어디서 샀는지 쉽게 알려 주고 싶지 않았다.

그레이스는 대화 주제를 바꿨다.

"새로운 소식 없어? 참, 도로시, 너 계속 몰리 옆에 앉을 거야? 솔직히 주디도 나도 이해가 안 가서……."

브루크는 재미있다는 표정을 지으며 끼어들었다.

"너희 정말 순진하구나."

주디는 두 손을 비비 꼬며 잘 들리지 않을 정도로 기어들어 가는 목소리로 물었다.

"아니, 그게 아니라 궁금해서."

"너는 모르면 가만있어!"

브루크한테 머리라도 한 대 맞은 것처럼 주디의 얼굴이 움츠러들었다.

"무슨 말인지 알아들었어."

그레이스는 툭 내뱉고는 자기 자리에 가서 앉았다.

교실 한쪽에서 웅성거리는 소리가 들리자 그레이스는 몰리가 왔다는 걸 알았다.

몰리는 도로시가 어제처럼 자기 옆자리에 앉아 있는 것을 보고 잠시 머뭇거렸다. 몰리는 무덤덤하게 굴어야 할지, 아니면 다행스러워해야 할지 도통 분간하기 힘든 표정이었다. 아니, 이 모든 감정이 뒤섞여 있었다.

몰리는 늘 그랬듯이 시선을 발아래로 떨구고 천천히 앞으로 걸어갔다. 그레이스는 대부분의 흑인 학생들이 그렇게 행동한다는 걸 깨달았다. '그들이 마룻바닥 깔개 취급을 당하는 게 어쩌면 당연한 건지도 몰라. 왜 고개를 들고 우리를 쳐다보지도 못하는 거지?'

몰리는 자신을 뚫어지게 쳐다보는 도로시와 눈이 마주치지 않으려고 애쓰면서 재빠르게 의자에 앉았다.

"그레이스, 수업 끝나고 음료수 마시러 가자!"

그레이스는 몸을 획 돌려 뒤돌아보았다. 옆자리에 앉은 필립이었다. 그녀는 백지장처럼 하얀 그의 얼굴을 쳐다보았다. 관자놀이 부근의 모세 혈관이 뛰는 것까지 다 보일 정도였다. 평소보다 더 끔찍해 보였다. 그레이스는 그를 차가운 눈으로 째려보았다.

"싫어."

그녀는 불쾌해하는 필립을 내버려 두고는 몰리와 도로시 쪽을 보았다. 무슨 일이 일어나는지 하나도 놓치고 싶지 않았다.

잠시 후 도로시가 몰리에게 말하는 소리가 귀에 똑똑히 들렸다.

"몰리, 넌 인사도 안 하니?"

몰리는 천천히 얼굴을 들고 고개를 옆으로 살짝 기울여 도로시를 바라보았다. 도로시의 얼굴에 미소가 퍼져 있었다.

그레이스는 도로시를 잘 알고 있었다. 그 순간의 미소는 결코 진심이 아니라는 걸 눈치챘다. 그렇다고 끼어들 수도 없었다. 몰리는 별다른 위협을 느끼는 것 같진 않았다. 설마 도로시가 교실 한가운데서 그녀를 때리지는 못할 테니까. 교실 문밖에 군인이 지키고 있으니 그렇게 하는 건 바보짓이었다. 그레이스는 입술을 지그시 깨물었다. 엉터리 통합 정책 같으니라고. 차라리 오늘 학교에 오지 말걸.

몰리는 보일 듯 말 듯 미소를 지어 보였다. 그녀의 얼굴에 고마움과 기대하는 기색이 보이자 그레이스는 갑자기 가슴이 먹먹해졌다. 몰리가 기어들어 가는 목소리로 속삭였다.

"도로시, 안녕."

그 말이 끝나자마자 도로시는 얼굴을 들이대며 몰리의 턱을 움켜쥐었다.

"뭐야? 네가 뭐라도 되는 줄 알아? 깜둥이들이 언제부터 백인에게 말을 걸었지?"

그러면서 꼭 쥐고 있던 주먹을 몰리의 머리 위로 올렸다. 그리고 손을 뒤집었다. 그와 동시에 무언가 몰리의 얼굴 위로 쏟아져 내리더니 이내 턱까지 줄줄 흘러내렸다.

몰리는 숨이 멎을 정도로 놀란 것 같았다. 연신 딸꾹질을 하며 두 팔을 휘저었다. 아무거나 손에 닿으면 붙들려는 듯이. 그레이스는 그 장면을 보며 경악하지 않을 수 없었다. 깨끗하게 다린 몰리의 노란 블라우스가 검은 잉크로 뒤범벅되었다. 옷깃에서 가슴, 그리고 등 뒤까지도.

도로시는 여전히 심각한 얼굴을 하고는 자리에서 벌떡 일어났다. 그리고 바닥에 잉크병을 내동댕이쳤다.

"이건 널 위한 선물이야. 혹시 네 살이 까맣다는 걸 잊을 때를 위해서 말이지."

교실은 온통 난리법석이 났다. 다들 꽥꽥 소리를 지르고, 휘파람을 불고, 손뼉을 치고, 발을 굴러 댔다. 올슨 선생님도 어쩌지 못하고 탁자만 세게 내리칠 뿐이었다. 물론 아무 소용도 없었다. 도로시가 벌인 행동이 교실을 혼란의 도가니에 빠트린 것이었다.

몰리는 선생님께 교실에서 나가고 싶다고 말했고, 그러라는 허락을 받았다. 그레이스는 처음으로 그녀의 피부색이 눈에 들어오지 않았다. 그저 상처받은 한 소녀가 쓸쓸히 서 있는 것이 보였다. 가까이 다가가 토닥이고 위로해 주고 싶었다.

그레이스는 사물함을 열고 역사책을 밀어 넣었다. 사물함은 그녀의 옷장만큼이나 온통 뒤죽박죽이었다. 다음 수업 책을 찾으려고 잔뜩 쌓여 있는 책 더미들을 마구 뒤적거렸다. 한동안 잊고 지냈던 패션 잡지 〈하퍼스 바자〉가 손에 잡혔다. 표지 모델이 배시시 웃고 있었다. 그레이스는 모델의 머리 모양이 도로시와 비슷하다고 생각했다. '도로시, 도로시, 도로시.' 그레이스는 머릿속에 그녀의 이름을 몇 번이고 중얼거렸다. 이상하게도 예전의 친근한 느낌이 전혀 들지 않았다. 그레이스는 잡지를 도로 내려놓았다.

다른 생각을 하려고 아무리 애를 써도 조금 전 교실에서 벌어진 장면이 떠나질 않았다. 더 끔찍한 건, 그 사건으로 충격을 받은 사람이 혼자인 것 같은 느낌이었다. 아니, 주디도 그런 것 같긴 했다. 주디에게 말을 걸고 싶었지만 공감해 줄지 알 수 없어 그만두었다. 주디는 브루크를 거의 숭배하듯 따르기 때문에 브루크의 감정을 상하게 하는 말을 하지 않을지도 모른다. 게다가 다른 아이들이 이런 대화를 엿듣기라도 하면 흑인을 지지하는 통합주의자라는 낙인이 찍힐 게 분명했다. 이것은 교내에서 인기가 떨어지는 지름길이었다. 그뿐만이 아니다. 언제든 다른 아이들의 공격 대상이 될 수도 있었다. 부모님 친구 중 한 명도 봉변을 당했다고 들었다. 자동차 앞유리에 KKK의 십자가가 박혀 있었고 부드러운 말투로 협박하는 종이가 압정에 꽂혀 있었다고 했다.

'통합주의자 양반! 다음엔 자동차 앞 유리만으로 끝나지 않을 테니 조심해!'

그레이스는 교재를 집어 든 다음 엉망진창인 사물함을 닫고 돌아서다 실수로 책을 바닥에 떨어트렸다. 쉐우드가 그녀 바로 앞에 서 있었다. 언제부터 여기에 있었지? 가까이 오는 소리를 전혀 듣지 못했는데. 그는 슬며시 미소를 머금고 있었다.

"왜 그렇게 놀라?"

그레이스는 곧바로 어깨를 뒤로 빼면서 턱을 쳐들었다. 언제나 당당하고 도도할 것! 어렸을 때부터 엄마에게 듣던 말이었다.

쉐우드는 살짝 놀리는 표정을 지으며 말했다.

"설마 나 때문이야?"

그레이스는 반박했다.

"갑자기 나타나서 놀랐을 뿐이야. 그건 그렇고 잘 지내?"

"아주 잘 지내지."

쉐우드는 그녀를 집어삼킬 듯 가까이 다가왔다. 부담스럽긴 했지만 아주 기분 좋은 긴장감이었다.

수업 종이 울리자 쉐우드가 쫓기듯 급히 말했다.

"그레이스, 내일 오후에 친구들하고 볼링 치러 갈 건데, 같이 갈래?"

그레이스는 속으로 쾌재를 불렀다.

'옳지, 이제 됐어. 드디어 고기가 바늘을 덥석 물었네!'

그렇다고 지나치게 좋아하는 모습을 보이고 싶진 않아 태연한 척 숨을 깊이 들이마셨다.

그녀가 대답했다.

"음…… 뭐 안 될 거 없어. 다른 할 일이 있긴 하지만 볼링 치면서 기분 전환하는 것도 나쁘지 않겠지."

이어서 한마디 덧붙였다.

"그런데 미리 말해 두지만, 볼링에서 내가 만만한 상대는 아니라는 것만 알아 둬."

쉐우드는 한바탕 크게 웃었다.

"나도 바라던 바인걸. 그럼 내일 오후 2시쯤 데리러 갈게."

"우리 집은……."

"걱정하지 마. 어딘지 알아."

쉐우드는 발걸음을 돌렸다. 그레이스에게 오늘은 아주 오랜만에 맞는 기분 좋은 날이었다.

◆◇◆◇◆◇◆◇◆◇◆◇◆◇◆◇◆

시곗바늘이 1시 50분을 가리키고 있었다. 그레이스는 이미 30분 전에 외출 준비를 끝내고 거실을 빙빙 돌고 있었다.

미니는 콧노래를 부르며 가구의 윤을 내고 있었다. 그러다 갑자기 멈춰 허리에 양손을 떡하니 얹고는 턱으로 카펫 쪽을 가리켰다.

"그러다 카펫에 구멍이라도 나겠어요. 자리에 가만히 앉아 있으면 안 될까요? 머리가 어지러워요."

그레이스는 고개를 가로저었다.

"아니, 절대 그럴 수 없어. 그랬다가는 옷이 구겨질 테니까."

"샌더 도련님 차에서도 그렇게 서 있을 거예요?"

"미니도 잘 알잖아. 첫인상이 가장 중요하다는 거."

그레이스는 가장 마음에 드는 옷으로 골라 입었다. 하얀 원피스였는데 가지고 있는 것 중에서 제일 짧긴 했다. 머리는 자연스럽게 컬을 만들어 어깨 위로 떨어트렸다. 사실 이 머리는 미니가 고대기를 들고 한 시간도 넘게 전투를 벌인 결과물이었다.

"스타킹을 신을 수 없다는 건 아무리 생각해도 이해가 안 돼. 친구들은 다들 신고 다니는데 왜 나만 안 된다는 거야. 미니, 혹시 나한테 빌려 줄 스타킹 없어?"

미니는 웃음을 터트리면서 굵직한 다리를 들어 올렸다.

"제 다리 좀 보세요. 거 뭐냐. 모델이나 신는 그런 것에 이 두툼한 소시지를 담을 수 있다고 생각해요? 게다가 설사 저에게 스타킹이 있다 해도 아가씨 전부를 담고도 남을걸요?"

그레이스가 한숨을 내쉬었다.

"그럼 딸이 신던 것도 없을까?"

미니는 두 눈을 들어 천정을 올려다보더니 다시 가구를 문질러 닦기 시작했다.

2시 3분이 되자 초인종이 울렸다. 그레이스는 거실 한가운데 얼어붙은 듯 섰다.

"세상에! 내가 지금 뭘 하고 있는 거지? 잠깐 기다렸다가 문 열어 줘. 난 내 방에 올라가 있을게. 내가 자기를 이렇게 초조하게 기다리고 있다고 생각하면 절대 안 되지."

미니는 방으로 달아나는 그레이스를 보고 머리를 절레절레 흔들며 현관문 쪽으로 걸어갔다. 그야말로 못 말리는 소녀였다.

쉐우드는 볼링장 문을 열어 주면서 그레이스가 먼저 들어갈 수 있게 배려했다. 차로 이동하는 동안 그녀는 마침내 누구의 방해도 받지 않고 그와 단둘이 이야기를 나눌 수 있었다. 그러면서 어떤 강한 힘이 그녀를 들뜨게 했다. 운전 시간이 짧은 게 아쉬울 뿐이었다.

그레이스는 볼링을 친 지 꽤 오래되었지만 볼링장의 모든 것이 예전 그대로였다. 밀폐된 공간, 밀랍과 팝콘 냄새, 마루에 볼링공이 굴러가는 소리, 그리고 경쾌하게 핀들이 부딪치는 소리.

그들은 학생들이 모여 있는 쪽으로 갔다. 그레이스는 그 안에서 루시를 발견하고 기뻐서 쓰러질 것만 같았다. 자신이 쉐우드와 팔짱을 끼고 도착하는 모습을 보면 얼굴이 새파랗게 질리겠지.

쉐우드의 친구들은 의미심장한 눈빛으로 그레이스에게 인사했다. 볼링 경기가 시작되었다. 후끈한 열기와 그녀의 몸을 훑는 시선들, 온갖 냄새, 그리고 쉐우드. 주크박스에서 흘러나오는 버디 홀리의 노래까지 모두 그레이스를 들뜨게 하기에 충분했다.

만일 당신이 페기 수를 안다면
그러면 당신은 내가 왜 슬픈지 잘 알 거예요.

그레이스는 옛날 실력을 발휘했다. 몇 번의 시도 끝에 네 번 연속 스트라이크를 날렸다.

쉐우드는 음료수를 홀짝거리면서 놀란 눈으로 바라보았다. 그러자 그레이스는 더욱 자신감이 생겼다. 쉐우드의 감탄에 찬 눈길을 받는 것보다 더 기분 좋은 일이 어디 있을까?

몇 게임을 더 한 뒤 쉐우드는 회색빛 벨벳 의자에 쓰러지듯 앉았다. 그리고 그레이스에게 가까이 오라고 손짓했다.

"평생 볼링만 친 것 같은걸."

그는 그녀가 앉은 의자 등받이에 팔을 올려놓으며 말했다.

그레이스가 미소를 지었다. 그녀가 예상했던 그대로 오후 시간은 더없이 행복하게 흘러갔다.

몰리는 오래전부터 열여섯 번째 생일인 스위트 식스틴이 얼마나 멋진 날이 될지, 꿈같은 하루를 기대하며 기다렸다. 가족과 친구들이 모두 모여, 그녀가 드디어 성인으로 인정받는 이 날을 축하해 주리라 생각했다.

전통에 따라 세심하게 준비된 파티에는 흰 꽃과 반짝거리는 스팽글, 크림을 듬뿍 넣은 양배추 요리가 있을 것이다. 전통은 오래된 것일수록 좋은 법이니까.

먼저 열여섯 개의 초에 불을 밝힌다. 첫 번째 초는 부모님을 위해, 그리고 두 번째 초는 조부모님을 위해, 그다음은 나머지 가족과 친구, 남자 친구를 위해. 그리고 마지막 초는 행운을 위한 것이다.

그날은 아빠도 참석하겠지. 몰리는 커다란 등나무 의자에 앉아 아빠가 천천히 다가오는 모습을 바라볼 것이다. 아빠는 딸의 발아래 무릎을 꿇은 채 토슈즈처럼 납작한 신발을 벗기고 그 대신 굽이 높은 예쁜 샌들을 신겨 주겠지. 이 순간을 완벽하게 만들기 위해 엄마는 턴테이블에 음반을 올려놓고, 곧 냇 킹 콜의 목소리가 거실을 가득 채울 것이다.

이후에는 잡지 기사에서 읽은 것처럼 진행되겠지. 친구들은 각자 추억을 얘기하며 사진을 보여 줄 테고, 순서에 따라 아빠와 왈츠를 추는 시간이 이어질 것이다.

그런데 이 꿈같은 파티는 모두 어디로 사라지고, 몰리는 부엌 식탁에 우두커니 앉아 있었다. 엄마와 할머니는 태연한 척했지만 숨 막히는 침묵이 이어졌다. 탁자 한가운데는 '스위트 식스틴을 축하해!'라고 초콜릿으로 쓴 커다란 크림 케이크가 덩그러니 놓여 있을 뿐이었다.

몰리는 흰 리본으로 장식한 벽시계를 쳐다보았다. 시침은 저녁 8시를 가리키고 있었다. 그녀는 자리에서 일어나 거실에 달아 놓은 풍선들을 하나씩 떼어 내기 시작했다.

"이제 됐어요. 아무도 오지 않을 거예요. 그만 치울래요."

할머니는 애써 미소를 지어 보였다.

"우리도 좀 즐길 수 있게 해 주렴. 이렇게 멋진 케이크를 맛도 보지 않으려고? 자, 먹어 보자꾸나."

몰리는 진주처럼 반짝거리는 풍선들을 떼어 냈다. 엄마는 초콜릿 케이크를 칼로 잘랐다.

그때 벨이 울렸다. 몰리는 풍선을 그대로 내던졌다. 풍선들이 소파 뒤로 통통 튕겨 오르다 사라졌다.

"마리하고 수잔나가 왔을지도 몰라요. 마음을 바꿨나 봐요."

몰리는 현관 쪽으로 달려갔다. 오늘을 위해 1년 전부터 준비해 두었던 초록색 모슬린 드레스 차림이었다.

그녀가 문을 열자 빈스가 꽃다발을 들고 서 있었다. 말끔하게 차려입은 그에게서 향수 냄새가 났다. 세드라 향이었다.

"들어와!"

몰리는 무너져 가던 기분을 추스르며 반갑게 맞이했다.

그러고는 들뜬 얼굴로 소파 쪽으로 안내했다. 엄마는 케이크를 가져다주겠다며 서둘러 부엌 쪽으로 갔다. 할머니도 엄마 뒤를 따라 나갔다.

빈스가 어렵게 입을 열었다.

"몰리, 오래 있지는 못해. 금방 가 봐야 해."

"잠깐만! 음악 들을래? 참, 네가 빌려 준 책 말이야……."

그녀는 거실 한쪽으로 달려가더니 책을 높이 치켜들면서 돌아왔다. 잔뜩 흥분한 얼굴이었다.

"거의 다 읽었어. 나 말이야, 샐 파라다이스처럼 미대륙을 횡단하고 싶어졌어."

"히치하이크로? 술 취한 건달한테 붙잡히지 않고 몇 킬로미터나 갈 수 있을 것 같아?"

그는 반쯤 농담을 하고 있었다. 물론 몰리도 그가 백인들에게 깊은 반감을 품고 있다는 것은 잘 알고 있었다. 그는 저항이 언제나 증

오와 폭력을 동반하기 마련이라고 말하곤 했다. 그의 말에 몰리는 씁쓸해졌다.

그녀는 접시를 내려놓았다.

"너에게 책임지라고 한 적은 없어."

"기분 나빴다면 미안해. 하지만 그 사람들은 너보다 훨씬 강하다고."

그도 동시에 케이크 접시를 내려놓으며 말을 이었다.

"네가 왜 그렇게 행동하는지 모르겠어."

"내가 뭘 어쨌다고?"

"무슨 말인지 잘 알잖아."

그는 고개를 가로저으며 말했다.

"이미 진 싸움이야. 그들은 우리를 절대 받아들이지 않을 거야. 학교에서 친구 한 명이라도 사귀긴 했어? 어째서 아무것도 얻지 못하면서 그런 끔찍한 모욕을 견디는 거야?"

몰리는 시선을 다른 곳으로 돌렸다. 그의 말처럼 백인 중 그 누구도 자신에게 다정하게 손을 내민 사람은 없었다.

빈스가 계속했다.

"네가 거기서 얻는 건 결국 모욕감과 절망감뿐이야. 원망과 분노가 쌓였을 테니 적어도 지금은 나를 이해하겠지."

"그만해."

몰리는 이를 악물고 단호하게 말했다.

"다른 얘기를 할 게 아니면 그냥 돌아가. 내 열여섯 번째 생일을 축하하는 날이야. 오늘만큼은 행복한 척이라도 하고 싶어."

빈스가 당황한 듯 시선을 떨구었다.

"몰리, 음…… 어떻게 말해야 할지. 나 말이야…… 기다리는 사람이 있어서."

몰리는 얼굴이 확 달아올랐다. 자신이 너무 바보 같았다. 그가 차려입고 온 건 몰리를 위해서가 아니었다.

빈스가 말했다.

"수잔나 집에 가야 해. 오늘 밤 파티를 하거든. 이미 많이 늦었어."

수잔나 집에서 파티를 한다고? 몰리는 처음 듣는 얘기였다. 통합 정책이 그녀의 모든 걸 앗아가 버린 게 분명했다. 집을 제외하고 그녀가 머물 장소가 한 곳이라도 남아 있긴 할까? 학교에 가면 아이들은 그녀를 어떻게든 괴롭히려고 야단이었다. 그런데 지금은 옛 친구들조차 그녀를 저버리고 있다. 십년지기인 수잔나까지. 적어도 자기 생일에 파티를 열지 않는 배려 정도는 해 줄 수 있었을 텐데.

빈스는 엉거주춤한 자세로 자리에서 일어났다. 몰리는 그를 문 앞까지 배웅했다. 문을 닫고 돌아선 몰리는 꿈꾸던 스위트 식스틴 파티를 떠올리며 울음을 왈칵 터트렸다.

그레이스는 샌더네 올즈모빌의 가죽 시트에 앉아 있으니 기분이 붕 뜨는 느낌이었다. 차는 최신 모델로 창문이 자동으로 움직였다. 그녀는 쉐우드 쪽을 힐끗거렸다.

오후 한나절이 이렇게 한가롭게 지나갈 수 있는 건지. 볼링 게임은 흥미진진했다. 쉐우드의 친구들은 친절했고 농담도 잘해 대화가 즐거웠다. 딱 하나 남은 문제는 과연 그가 집에 데려다 주면서 키스를 하려고 할까, 하는 것이었다. 만약에 그런 상황이 온다면 허락할까, 아직 너무 이른가?

"음악 들을래?"

쉐우드가 라디오 버튼을 돌리며 물었다.

프랭키 라이먼의 노래가 흘러나와 자동차 안에 울려 퍼지기 시작했다. 그의 노래가 라디오에 나오는 건 드문 일이었다. 지난 7월, 텔레비전 쇼에 출연해 감히 백인 여자에게 춤을 추게 한 뒤부터 음반

판매량이 뚝 떨어졌고, 음반사마저 계약을 해지했다. 그레이스는 박자에 맞춰 다리를 까닥거렸다.

"두왑* 정말 좋지 않아?"

쉐우드는 무시하는 듯한 표정을 지었다.

"그냥 깜둥이들 음악이지 뭐."

그레이스는 반박했다.

"그렇긴 해도 라디오에서 들으면 얼굴은 보이지 않잖아. 게다가 중요한 건……."

그레이스는 입을 다물었다. 가수의 겉모습에 따라 노래를 판단한다는 게 우스워 보였다. 가수가 백인이든 흑인이든, 뚱뚱하든 날씬하든, 멍청하든 하버드 대학 졸업생이든 말이다. 그녀에게 중요한 건 노래를 들을 때 전해지는 기쁨이었다. 그러면서도 자기 생각을 굳이 소리 높여 주장할 필요는 없다는 결론을 내렸다. 무엇보다 지금 이 자리에서는 더욱.

그레이스는 음악을 들으며 조심스럽게 사이드 미러에 비친 얼굴을 살폈다. 금발의 컬이 흐트러지지 않고 그대로였다. 미니한테 부탁한 보람이 있었다. 비록 미니가 한숨을 내쉬면서 못마땅한 듯이 보여도 고대기를 놀리는 솜씨만큼은 능수능란했다. 그레이스는 속으로 그녀의 실력을 녹슬게 하지 않으려면 꾸준히 연습할 수 있도록 계속 부탁해야겠다고 마음먹었다.

***두왑** 1950년대 흑인들을 중심으로 한 리듬 앤드 블루스의 일종이다. 리드 보컬의 노래에 허밍 풍의 코러스가 어우러진다.

자동차가 빨간 신호등 앞에 멈춰 섰다. 한 흑인 소녀가 길을 건너고 있었다. 꽤 두꺼운 안경을 끼고 어깨를 움츠린 채 걸어가는 모습을 보고 그레이스는 단번에 검은 잉크를 뒤집어썼던 아이의 얼굴을 떠올렸다. 옷이 흥건히 젖었고, 아스팔트 위로 그녀의 발치에 웅덩이가 생길 정도로 잉크가 번져 나가고 있었다. 그레이스는 순간 당황했다. 떠오르는 생각들을 떨쳐 버리려고 다른 할 말을 찾았다. 한창 인기 있는 〈웨스트사이드 스토리〉에 대해 들어 봤느냐고 물을 참이었다. 브로드웨이를 강타하고 있는 뮤지컬이었다.

"저기……."

"너……."

그레이스와 쉐우드는 서로 미소 지으며 바라보았다. 동시에 말을 꺼내려 했던 것이다.

"먼저 해."

그레이스가 말했다. 가능하면 대화 주제는 그에게 맡겨야겠다고 생각했다.

"너희 반에도 바보 같은 깜둥이가 있지?"

그레이스는 속으로 투덜거렸다. '제발, 그 얘기는 이제 그만둬. 통합, 통합 언제나 통합 정책 얘기뿐. 다른 이야기는 없나? 예를 들어 연말 파티 얘기 말이야. 이제, 파트너를 구할 시간이 2주 남짓밖에 남지 않았는데. 그게 더 급한 일 아닌가?' 그녀는 이미 드레스와 구두도 준비해 두었다. 그걸 장만하려고 얼마나 많은 돈을 썼는데, 인기 없는 파트너의 손을 잡고 싶진 않았다.

"진짜 운도 없다니까. 나도 수학 시간에 하나 있거든."

쉐우드는 머리칼이 흐트러져 있었다. 그레이스는 그 모습이 더 잘 어울린다고 생각하면서도 조금 날카로운 말투로 대답했다.

"그래? 그 애 이름이 뭔데?"

"콘래드 비숍이라고, 최고 학년에는 걔 하나밖에 없을 거야. 어떻게 깜둥이가 센트럴 고등학교의 졸업장을 받을 수 있다고 생각하는 건지. 완전 헛다리 짚은 거지. 여기가 어딘 줄 알고. 완전 천치들인 뉴욕 비렁뱅이가 사는 곳인 줄 아나 봐. 두고 보라고. 내 말대로 될 테니. 절대 가만두지 않을 거야."

신호등이 파란불로 바뀌자마자 그는 액셀을 힘껏 밟았다.

자동차는 이제 그녀의 집 부근으로 접어들었다. 길가에는 느릅나무와 포플러 나무가 나란히 심어져 있었다. 가로수가 천천히 지나갈수록 그레이스의 가슴은 마구 뛰기 시작했다. 결정적인 순간이 다가오고 있었다. 마침내 차가 멈추자 그레이스는 숨을 깊이 들이마셨다. 눈에 띄지 않을 정도로 아주 조심스럽게.

그녀는 모든 준비를 끝내고 두 손을 치마 위에 가지런히 올려놓았다. 그녀는 지금 막 결정했다. 첫 데이트부터 너무 쉽게 보이지 말자. 그건 고도의 계산에 따른 것이지 결코 구식이라서가 아니었다. 조금 더 뜸을 들이기로 했다. 미니도 그렇게 충고했으니까.

"음…… 쉐우드 오빠, 고마워. 덕분에 즐거웠어."

그는 자동차 시동을 끄고 조수석 등받이에 팔을 걸쳤다. 그녀는 그의 숨결을 가까이 느꼈다. 민트와 콜라 냄새까지도 맡을 수 있었다.

"나도 즐거웠어."

그가 조금 더 가까이 다가오자 그레이스는 재빨리 문을 열고 밖으로 나왔다. 마음이 바뀌기 전에. 오, 제발. 그가 키스하도록 내버려 두고 싶은 마음이 굴뚝같았다. 그럼 월요일에 학교 가서 실컷 잘난 척할 수 있을 텐데. 한시라도 빨리 다른 여자아이들의 표정을 보고 싶었다.

쉐우드는 조금 당황한 얼굴로 그레이스를 바라보았다.

"그럼 월요일에 볼까?"

그레이스는 고개를 끄덕였다.

"점심시간에 루프 가든 카페에서, 어때?"

"그래, 좋아."

그레이스는 미니에게 성공담을 빨리 늘어놓고 싶어 안달이 날 지경이었다. 그녀는 가로수 길을 가로질러 걸어갔다. 산수유나무 잎이 터질 듯 화려한 진홍색으로 물들어 있었다.

그녀는 종종걸음으로 집에 들어갔다. 마치 바람을 타고 구름 위를 걷는 것만 같았다.

1957년 12월 18일 수요일

아칸소 가제트

센트럴 고등학교에 남은 학생은 8명뿐!

어제 오후 리틀록 센트럴 고등학교 카페테리아에서 격렬한 말다툼이 벌어졌다. 목격자의 말에 따르면 지난 9월에 들어온 9명의 흑인 학생 중 한 명인 신세러티 브라운이 갑자기 3학년 학생의 머리에 칠리소스를 쏟아부었다고 한다.

"이러한 행동은 도저히 그대로 넘길 수 없습니다."

르로이 톰슨 교장은 이같이 말하며 운영위원회를 열어 즉각 해당 학생을 정학 처리하기로 했다.

백인 어머니회 회장인 카트린느 샌더 부인은 특별 소식지를 통해 이번 일이 바로 통합 정책의 문제점을 잘 보여 준다고 밝히며 다음과 같이 설명했다.

"백인과 흑인은 결코 함께 지낼 수 없습니다. 흑인들은 위험하고 충동을 자제할 줄 모르기 때문입니다."

그레이스는 걸음을 재촉했다. 쉐우드가 집에서 보자고 했기 때문이다. 새로 산 구두 때문에 뒤꿈치가 너무 아팠지만 조금이라도 일찍 도착하고 싶었다.

볼링을 치고 며칠 지나지 않아 그는 그레이스를 학기 말 파티 파트너로 초대했다. 일단은 원하던 바를 달성한 셈이었다. 얼마 뒤에는 키스를 허락했다. 솔직히 그녀가 먼저 유도했다. 함께 점심을 먹은 후에 먼저 다가갔기 때문이다. 작전을 제대로 마무리 짓기 위해서였다. 그와의 키스는 그녀가 바라던 대로 달콤했다. 쉐우드는 키스를 한 뒤 웃었는데, 기습 키스를 재미있어 하는 듯했다.

그레이스는 현관 앞 계단에 올라섰다. 나무 계단은 반들거렸고, 낙엽 하나 뒹굴지 않고 깨끗했다. 언젠가 마르타가 탁자 위에 오렌지 주스 잔을 치우지 않았다고 샌더 부인에게 호되게 꾸중 듣는 걸 보고 무척 당황했던 기억이 떠올랐다. 마르타보다 샌더 부인의 냉정하고 쌀쌀맞은 태도가 더 생생했다.

그레이스는 벨을 누르며 지난번보다 가슴이 덜 두근거린다는 사실을 깨달았다. 늘 똑같은 일이 반복되었다. 누군가와 정식으로 사귄다는 발표를 하고 나면 모든 게 예전처럼 흥미롭지 않았다. 두근거리는 기분도 잦아들었다. 그녀는 엄마와 세상의 모든 여자들을 떠올려 보았다. 매일 아침, 똑같은 남편 곁에서 눈을 뜨는 그녀들을 생각했다. 그다지 즐겁지 않고 지루할 것 같았다.

브루크가 문을 열어 주었다. 이번에도 역시 새로 산 듯한 원피스를 입고 있었다. 그레이스는 새 옷이 브루크에게 그다지 어울리지 않는다고 생각하며 위안으로 삼았다. 그레이스는 잉크 사건이 벌어진 뒤로 제일 친하게 지냈던 두 사람에게 조금 거리를 두기 시작했다. 눈에 띄게 다르게 행동하지는 않았지만 브루크도 그레이스의 변화를 알아차리고 조금씩 거리를 두었다.

"아, 왔구나. 오빠가 네가 올 거라고 했어."

그레이스는 살짝 미소 지었다. 어떤 말이라도 건네야 했다.

"안녕? 브루크, 난 덕분에 잘 지내고 있어."

'칫, 바보 같잖아.' 하지만 가만히 있을 수만은 없었다.

"오빠가 초대했거든. 집에 있지?"

브루크가 고개를 끄덕였다.

"통화 중이야. 들어와서 거실에서 기다려."

브루크는 복도에서 그레이스를 앞장서 걸어가다가 비꼬는 듯이 말을 던졌다.

"혹시 우리를 도와주는 데 관심이 있으려나? 엄마하고 오늘 저녁에 있을 협회 모임 준비를 하는 중이거든. 얼간이 같은 계집애가 멋지게 칠리 사건을 일으켜 준 덕분이지."

어머니회는 결코 투쟁을 포기하지 않았다. 경호 군인들에게 흑인 아이들의 안전을 '덜 신경 쓰도록' 설득하기 위한 기금을 모으기까지 했다. 통합주의자들이 다음 해에는 절대 입학하지 못하도록 완전히 뒤엎어 버릴 생각이었다. 그런 의미에서 신세러티의 행동은 때마침 일어난 사건이었다. 흑인들이 충동적이라는 걸 적나라하게 보여 준 셈이기 때문이다. 그들은 흑인들이 백인 학생들에게 얼마나 위험한지를 증명한 사건으로 몰고 갔다.

그레이스는 속마음을 감추고 천연덕스럽게 대답했다.

"난 방해만 될 텐데. 거실에서 기다릴게."

이제 쉐우드와 연인으로 발전했으니 브루크와 특별히 관계를 유지할 이유는 없었다.

"마음대로 해."

브루크는 복도 쪽으로 사라졌다. 그레이스는 무심히 그녀가 가리킨 방 쪽으로 걸어갔다. 브루크에게 지금처럼 대한 지 꽤 오래 지난 것 같았다. 정확하게 언제부터인지는 몰라도 아마 개학 무렵부터였던가. 시간은 서서히 흘러가지만 어느 날 아침, 문득 어린아이가 아니라는 사실을 깨닫는 것과 비슷했다.

조금 아쉽기도 했다. 그래도 잘 어울려 놀곤 했는데. 미래를 상상하며 밤을 새우고, 학교 여자애들을 하나하나 거론하며 험담도 늘어놓고, 서로 옷도 빌려 입고, 더 어렸을 때는 방학을 함께 보낸 적도 있었다. 어느 해엔 샌더네 가족을 따라 스키 여행을 갔는데 한 주 동안 엉덩이가 마를 날이 없었지만 더없이 신 났던 여행이었다.

쉐우드는 거실 문턱에서 그녀를 맞이했다. 한 손으로 그녀의 허리를 안고는 입술에 뜨거운 키스를 퍼부었다.

"어제보다 더 예뻐 보이는걸."

"내일은 더 기대해도 좋아."

그레이스는 재치 있게 받아넘겼다.

쉐우드는 애타는 눈빛으로 그녀를 다시 끌어안고 입을 맞췄다.

"미안한데 잠깐만 기다려 줘. 전화할 사람이 있어서 그래. 이따가 산책하자. 스케이트 타러 가는 건 어때?"

그레이스는 살짝 기분이 상했지만 고개를 끄덕였다. 그녀를 기다리게 할 만큼 급한 일이 무엇인지 궁금하기도 했다.

쉐우드는 현관 홀 쪽으로 사라졌다. 그레이스는 거실에서 책들을 둘러보았다. 모든 게 완벽하게 정돈되어 있어 현기증이 날 정도였다.

몇 분 뒤, 쉐우드의 목소리가 들려왔다. 서재에서 울리는 것 같았는데 누구와 통화를 하는지 너무 궁금했다.

그레이스는 결심했다. 브루크와 샌더 부인은 부엌에 있을 테고, 주위는 조용했다. 그레이스는 마지막 논점을 정리하며 좀 더 적절한 표현을 찾으려고 애쓰고 있을 모녀의 모습이 눈에 선했다. 모든 경우에 다 적용할 수 있는 그런 문구를 찾아야 했을 테니.

그레이스는 발레리나처럼 뒤꿈치를 들고 살금살금 거실을 빠져나왔다. 그렇게 숨을 죽이고 복도 쪽으로 걸어갔다. 다행히 나무로 된 마룻바닥이 아니라서 소리가 울리지 않았다. 그녀는 서재 앞에 멈춰 섰다. 큼직한 서재에서는 왁스를 먹인 나무 냄새가 났다.

그레이스는 귀를 쫑긋했다. 쉐우드가 보이진 않았지만 그가 수화기를 손에 들고 있는 건 알 수 있었다. 조마조마하기는커녕 오히려 호기심이 발동했다. 그는 전화를 두 통이나 연속해서 걸었다. 도대체 누구하고 통화하는 걸까? 설마 루시는 아니겠지. 그레이스는 루시를 처음 보자마자 외모부터 상대가 되지 않는다고 생각해 그녀를 얕잡아 보고 있었다.

몇 분이 지나자 작은 소리까지 들리기 시작했다. 대화 내용이 드문드문 들려왔다.

'붙잡아'와 '짐 크로우', '흑인'. 그 밖에도 '케이'하고 '단두대'도 있었다. 생각해 보니 '언제', '더미'라는 말도 들은 것 같았다.

쉐우드가 끝인사를 하는 것을 듣고 그녀는 서둘러 거실로 돌아왔다. 당황한 걸 들키지 않으려고 애써 밝은 표정을 지어 보였다. 보석 공예가인 파베르제가 만든 달걀 모조품 쪽으로 가서 자세히 들여다보는 척했다. 그것은 장밋빛 달걀로, 달걀에는 시계 장식이 되어 있고 위로는 초록색, 빨간색, 그리고 노란색의 깃털을 단 수탉이 앉아 있었다. 솔직히 괴상해 보이기만 했다.

"미안."

쉐우드는 그녀에게 다가오면서 말했다.

"이제 너하고만 얘기할게. 약속해."

그레이스는 그에게 미소를 보여 주려고 애썼다. 태연한 척하려고 했지만 그녀가 감당할 수 없는 것이 있었다. 만일 쉐우드가 KKK와 연관이 있다면 그와 계속 가깝게 지낼 수 있을지, 그를 사랑할 수 있을지.

파티가 끝난 뒤에 이 사실을 알았다면 저녁마다 우스꽝스러운 연기를 하지 않아도 되었을 텐데. 어쩌면 그녀의 빛을 바래게 할지도 모르고, 심지어 파티의 여왕으로 선출되지 못할지도 모른다는 생각에 미치자 그녀는 입술을 지그시 깨물었다.

호기심 때문에 모든 것을 망칠지도 몰랐다.

몰리가 학기 말 파티에 처음 참석한 것은 작년 호러스맨 학교 학생이었을 때였다. 백인 고등학교처럼 화려한 파티는 아니었지만 그래도 기억이 선명하게 남아 있다. 다들 리본과 풍선을 가져와 달고, 의자도 색색의 천으로 단장했다. 유리창도 닦고, 커튼의 먼지도 탈탈 털었다. 어떻게 해도 감출 수 없는 시큼한 냄새만 제외하면 카페테리아는 몰라볼 정도로 멋진 파티장으로 변했다. 몰리는 오후 내내 수잔나 집에서 깔깔거리며 화장을 하고, 머리도 매만졌다. 7시 30분이 되자 각자의 파트너가 수줍은 얼굴로 그들을 데리러 왔다. 같은 반 남학생들이었는데, 친절하긴 했지만 서로 특별히 이성적 감정을 느끼는 사이는 아니었다. 수잔나와 몰리는 준비해 두었던 드레스를 입고 가벼운 마음으로 출발했다.

파티는 1학년 학생들이 준비한 전위적인 〈햄릿〉 극으로 시작되었다. 그 후에는 프랭키 리몬, 빌 헤일리와 히즈 코미츠, 진 빈센트의 음악이 이어졌다. 몰리는 무대로 나가 춤을 췄고, 그동안 수잔나는 친구들이 권한 펀치를 마시고 취해 버렸다.

파티 중간에 몰리는 친구를 찾아 나서야 했다. 수잔나는 완전히 취해 화장실 세면대를 붙잡고 먹은 걸 다 쏟아 내고 있었다. 몰리는 신선한 공기를 쐴 수 있도록 그녀를 밖으로 데리고 나와 커다란 밤나무 아래 벤치에 앉게 했다. 몰리는 신음을 내는 수잔나 곁에서 얼어붙은 나뭇가지 사이로 밤의 풍광을 감상하고 있었다. 그때 빈스가 가까이 왔다. 갑자기 나타나 셰익스피어 극의 왕자를 흉내 내면서 대사를 읊조렸다.

"마시느냐 마시지 않느냐 그것이 문제로다."

몰리는 환하게 웃었다.

이후로 그는 너무 빠르게 성장해 버렸다. 그의 길고 호리호리한 몸매는 자신감 넘치는 얼굴과는 매우 대조적으로 보였다. 잘생긴 편은 아니었지만 그런 모습이 오히려 매력적이었다.

첫 번째 파티가 있던 날로부터 정확히 1년 후, 몰리는 엄마와 나란히 앉아 빨래를 갰다. 그녀는 흰 행주를 가지런히 개면서 같은 시간에 센트럴 고등학교의 2천5백 명의 학생들은 파티 장에 있는 모두의 시선을 끌며 멋지게 등장하기 위해 열중하고 있을 거라는 생각을 했다. 인기 많은 커플은 꾸미고 치장하느라 정신이 없을 테지. 혹시 그날의 왕과 여왕으로 선발되어 스포트라이트를 받게 될지 모른다고 기대하고 있을지도.

몰리는 다른 아이들은 신 나게 즐기고 있는데 자기만 집에 남아 있는 게 조금도 쓸쓸하지 않았다. 겨울 방학이란 사실만으로도 충분히 행복했다. 지난 학기를 견디며 받았던 스트레스를 풀려면 2주간의 휴식도 길지 않았다. 신세러티가 며칠 전 정학 처분을 받은 일 때문에 마음이 복잡했다. 하지만 만일 그 아이가 계속 학교에 나왔다면 상황은 더 심각하게 돌아갔을 것이다. 그랬다면 백인들은 마지막 한 사람을 쫓아 버릴 때까지 이런 시도를 끊임없이 했겠지. 더욱이 몰리는 진도가 많이 뒤처져 있었다. 계속해서 주위를 살피고 경계해야 했기 때문에 수업에 집중하기가 힘들었고, 필기는 거의 하지 못했다. 그동안 공부에 몰두하기가 어려웠기 때문에 할 수만 있다면 방학 내내 공부에 매진하고 싶었다. 학교에서 퇴학당하지 않으려면 그래야 했다.

"할머니가 크리스마스 파티를 하려고 칠면조를 예약해 두었단다."

엄마가 셔츠를 탁탁 털면서 말했다.

"외삼촌하고 이모들도 초대했고. 마에도 오기로 했어. 저녁 준비 좀 도와줄래?"

"엄마가 부탁하신다면요."

엄마는 가벼운 말투로 계속 말했다.

"에그노그* 만드는 건 네게 맡겨야겠다. 네 솜씨가 제일 좋잖니?"

몰리는 고개를 끄덕였다. 그때 할머니가 가까이 오면서 말했다.

* **에그노그** 미국에서 겨울이 되면 마시는 음료로 달걀, 생크림, 우유, 럼주를 넣어 만든다.

"날 믿거라. 누구라도 통합 정책 얘기를 꺼냈다가는 이 빗자루로 혼을 내서 다 내쫓아 버릴 테니! 크리스마스는 크리스마스답게 즐길 줄 알아야지!"

그레이스는 깜짝 놀라 잠에서 깼다. 어젯밤에도 마찬가지였다. 그녀는 두 손으로 얼굴을 더듬어 검은 잉크를 뒤집어쓰지 않았다는 것을 확인하고서야 안도의 한숨을 내쉬었다. 악몽이었다. 더럽고 끈적거리는 액체가 콧속까지 흘러들어 가, 숨 막힐 듯 화끈거리는 느낌이 목을 타고 흘러내렸다.

어둠 속에서 두 눈을 크게 뜨고 귀를 기울였다. 이어 침대 머리맡에 놓인 전등불을 켜고 태엽 인형처럼 화장대 앞으로 걸어갔다. 낯익은 물건들의 변형된 그림자가 꽃무늬 벽지 위로 드리워졌다. 밤은 그렇게 모든 것을 다르게 만들었다.

그녀는 술 장식이 달린 작고 둥근 의자에 털썩 주저앉았다. 그리고 빗을 들고 거울에 비치는 자신의 모습을 보면서 기계적으로 머리를 쓸어내렸다. 얼굴이 이상하게 느껴질 때까지, 두 눈이 검은 두 개의 구멍처럼 느껴질 때까지 천천히 머리를 빗었다.

그러다 갑자기 손을 멈췄다.

그녀는 이틀 전에 쉐우드에게서 들은 얘기를 잊어버리려고 애를 썼다. 일부러 오빠가 빠져 있는 〈리처드 다이아몬드〉라는 드라마를 함께 보면서 다른 생각을 하려고 발버둥 쳤다. 그러다 잡지를 미친 듯이 뒤적거렸고, 크리스마스 선물을 사는 데 많은 돈을 쓰기도 했다. 원피스를 있는 대로 꺼내 입어 보고, 미니를 도와 34개의 오렌지에 정향을 찔러 넣기도 했다.* 하지만 무엇을 해야 할지는 분명했다. 할 수 있는 일들은 많았지만 생각을 묶어 두고 있었다.

그녀는 도로시가 몰리 코스텔로의 머리 위에 잉크를 부었을 때 어떤 행동도 하지 않았다. 하지만 이번만큼은 침묵할 수가 없었다. 아주 끔찍한 일이 벌어질 게 틀림없었다. 특히 이런 일은 생각보다 심각할 수도 있는 일이었다.

어쨌든 그녀는 쉐우드와의 관계에 선을 긋기로 했다. 다른 사람들의 관점에서 그는 분명 아주 매력적이었다. 하지만 둘이 있을 때 좀처럼 그에게 집중할 수 없었다. 어떤 두근거림도 느껴지지 않았다. 학교에서 제일 인기 많은 남학생과 팔짱을 끼는 영광을 누렸던 파티가 끝났기 때문만은 아니었다. 그녀는 '올해의 교내 왕과 여왕'으로 뽑혀 머리에 썼던 황금빛 왕관을 바라보았다. 그날은 마치 영화배우처럼 사진을 찍으며 모든 여학생의 부러움과 시기 어린 눈길을 받았었다.

* 향신료의 일종인 정향을 박은 오렌지는 방향제로 이용되는데, 주로 크리스마스 무렵에 만든다.

이제 며칠 후면 개학이다. 쉐우드가 무슨 일을 꾸미고 있는지 좀 더 알아낸 뒤에 그와 헤어져야겠다고 마음먹었다.

그레이스는 욕조 물에 비누 거품을 잔뜩 풀었다.

거품이 점점 차는 것을 보면서 개학 날을 생각했다. 실수를 저지르면 안 된다. 무슨 일이 있어도 돌발 상황은 없어야 한다.

화장실이 가장 적당했다. 그곳은 다른 사람 눈에 띄지 않고 몰리에게 말을 건넬 수 있는 유일한 곳이었다. 게다가 화장실만큼은 몰리가 경호 군인의 보호를 받지 않고 혼자 있는 곳이기도 했다. 불확실한 가정은 하지 않기로 했다. 몰리가 화장실에 스스로 들어올 때까지 마냥 기다릴 수는 없었다. 학교에는 화장실이 네 군데나 있는데 어느 화장실로 갈지도 알 수 없으니 교실 근처 화장실에서 그녀를 기다리기로 했다. 교실로 가려면 그곳을 지나쳐 갈 거고, 그때 경호 군인이 알아차리지 못하게 그녀를 안으로 끌어 들여야 했다.

그래, 그게 가장 이상적인 시나리오였다. 만일 몰리가 다른 길로 가면 어쩌지? 경호 군인의 관심을 돌리려면 어떻게 해야지? 그렇다고 바닥에 바나나 껍질을 던져 놓을 수도 없고.

그레이스는 욕조에 몸을 담그고 물 아래로 미끄러져 들어갔다. 만일 자신의 계획이 실패하면? 만일 몰리에게 말을 걸지 못하면 어쩌지?

그녀는 다시 욕조에서 나와 온몸에 비누 거품을 냈다.

운이 나빠 실패하면, 여덟 명 중 다른 아이를 붙들 수도 있다. 하지만 그녀는 어떤 계획이 꾸며지고 있는지는 전혀 알지 못한다. 그런 상황에서 그 아이들한테 말을 거는 게 다른 이들의 눈에 띄기라도 하면 의심을 받을 수 있었다. 그건 너무 위험한 일이었다.

그레이스는 평소보다 30분 일찍 학교에 도착했다. 아침에 버스를 타고 가겠다고 했더니 오빠는 거의 정신 나간 사람처럼 취급했다.

"뭐? 5년 동안 한 번도 버스 탄 적이 없었잖아! 아버지가 데려다 주실 테니까 좀 기다려."

그레이스는 머리를 가로저었다. 아침에 제출할 숙제 때문에 급히 찾아볼 게 있다고 둘러댔다.

서둘러야 했다. 학교 앞 정류장에 내리자마자 그레이스는 바로 화장실로 들어갔다. 화장실 칸마다 다 열어 사람이 없다는 것을 확인한 뒤 화장실 입구 쪽 문 뒤에 자리를 잡았다. 문은 살짝 열어 두었다.

"7시 36분, 됐어."

그녀는 작은 금빛 손목시계를 내려다보며 말했다.

"몰리를 놓치진 않을 거야."

몇 분이 지나자 복도에서 조금씩 웅성거리는 소리가 나기 시작했다. 그레이스는 문 뒤에서 선생님과 학생이 오가는 걸 지켜보았다.

교내 라디오 방송인 '센트럴의 울림'을 맡고 있는 마크 헬맨과 와일 선생님이었다. 그의 머리칼만큼이나 푸석푸석한 얼굴빛의 생물학 선생님이었다.

이어 몇몇 여자아이들이 무리를 지어 웃고 떠들며 몰려왔다. 그리고 처음 보는 남학생이 레몬 조각 아래 놓인 연어처럼 씁쓸한 표정으로 지나갔다.

화장을 짙게 한 베티 캐플런도 보였다. 그녀는 인사를 하는 모든 남학생을 꼬신다는 소문이 돌았다. 그레이스는 오늘 입은 치마가 작은 열기구 모양을 닮았다는 생각을 하고 있는데, 흑인 학생이 도착했는지 분위기가 완전히 달라졌다.

"너네 목화밭으로 꺼져!"

그레이스는 도착한 아이가 몰리이기만을 기도했다.

"어이! 얘들아 여기 좀 봐. 도대체 누가 동물원 철문을 열어 준 거야!"

몰리였다. 그녀가 가까이 걸어오고 있었다. 그레이스는 한숨을 깊이 내쉬었다. 손으로 문을 짚고 다음 행동을 취할 준비를 했다. 문을 살짝 열고는 틈새로 머리를 내밀었다. 몰리의 경호를 맡은 군인은 그녀에게서 몇 발짝 떨어져 있었다.

아이들이 우르르 몰려들며 몰리에게 욕을 퍼붓기 시작했다. 그레이스는 꼼짝하지 않고 속으로 아이들이 계속 몰리를 놀리는 데 열중하기만을 바랐다. 모든 게 순조롭게 진행되려면 어쩔 수 없었다.

"자자, 비켜 주세요. 깜둥이 3호가 납시었습니다."

"우리 내기 할래? 제일 먼저 재를 잡은 사람한테 음료수 쏘기, 어때?"

학생들은 군인도 아랑곳하지 않고 우르르 몰리 쪽으로 몰려들었다. 군인이 학생들 앞을 가로막고 나선 기회를 틈타 그레이스는 몰리를 불렀다.

몰리는 잠시 멈칫하다 그레이스를 뚫어지게 바라보았다. 두려움이 가득한 눈빛이었다. 그레이스는 팔을 내밀어 몰리의 소맷자락을 움켜쥔 채 힘껏 화장실 안쪽으로 끌어당기고는 곧바로 화장실 문을 잠갔다. 몰리가 소리를 지르려 했다.

"쉬이잇!"

그레이스는 손으로 몰리의 입을 막았다. 이제 와 들킬 수는 없었다. 다행히 복도는 여전히 소란스러웠다.

몰리는 그레이스의 손을 뿌리치려고 하면서 그녀가 자신보다 키가 더 크다는 사실을 처음으로 깨달았다. 그러고 보니 다른 아이들도 모두 자기보다 키가 훨씬 컸다.

"쉿!"

그레이스는 다시 낮은 목소리로 속삭였다.

"날 똑바로 봐. 진정하라고! 해치지 않아."

몰리는 깜짝 놀라 지금 자신이 알 수 없는 함정에 빠져 있다고 생각했다. 몰리의 두근거리는 심장 소리가 그레이스에게도 들릴 정도였다. 아니 어쩌면 그레이스 자신의 심장 소리인지도 몰랐다.

"좋아, 손 뗄게. 하지만 소리 지르지 않겠다고 약속해. 알았지?"

그레이스는 몰리를 설득시킬 수 있을 거라는 확신을 가지고 천천히 손을 내렸다. 이어 오랜 습관 때문인지 치마에 손을 닦았다. 가정부인 미니는 깨끗했지만 다른 흑인은 믿을 수 없었다. 어른들은 다들 흑인이 병균을 옮긴다고 조심하라고 했다.

그레이스는 몰리가 먼저 말을 하지 않을 거라는 걸 알고 있었다. 백인이 먼저 요구하기 전에 흑인은 절대 먼저 말을 거는 법이 없었다. 그레이스가 먼저 말을 꺼냈다.

"나 알지? 내 이름은 그레이스 앤더슨이야. 역사하고 체육 수업을 같이 듣고 있어."

몰리는 고개를 끄덕였다. 그레이스는 잿빛 타일 벽에 달린 거울에 비친 몰리와 자신의 모습을 보았다. 백인 소녀와 흑인 소녀가 가까이 있었다. 그야말로 이상하기 짝이 없는 그림이었다. 그러다 순간 누군가에게 들키면 변명할 여지가 없다는 생각에 두려워졌다. 그레이스는 계속 말을 이었다.

"시간이 없으니 내 말을 잘 들어. 뭔가 심각한 일이 벌어질 거야. 콘래드 비숍과 관련된 일이야. 그걸 어떻게 알았는지는 묻지 마. 그냥 알게 됐어. 그게 다야."

몰리는 믿을 수 없다는 표정으로 그녀를 바라보았다.

"왜 하필 콘래드지? 우리는 모두 공격 대상인데."

"곧 졸업하니까. 다들 흑인 학생이 이 학교를 졸업하는 것만은 보고 싶어 하지 않거든. 어디서 어떤 일이 벌어질지는 몰라. 내가 아는 거라곤 누군가 음모를 꾸미고 있다는 사실밖에 없어. 그러니 그에게 조심하라고 알려 줘."

"연방군이 우리를 보호하고 있어."

"어쩌면 학교 부근일 수도 있고, 혹은 화장실에서 그럴 수도 있지.

어쨌든 뭔가 쌓인 더미 주변을 조심하라고 전해 줘."

"더미라고?"

"그래. 나도 잘은 몰라. 학교가 워낙 크니 그런 곳이 있을지도 모르지."

"우리도 항상 조심하고 있어. 늘 사람들이 있는 곳에만 있으려고 하고."

"저기, 미안하지만 자세히는 모르겠어. 단지 조심하라는 것만 알려 주고 싶었어."

그레이스는 입술을 지그시 깨물었다. 더 알았으면 얼마나 좋았을까. 그녀는 여러 차례 쉐우드에게 물어보았지만 결국 포기하고 말았던 것이다. 그도 바보는 아니었기에 그녀의 질문에 조금 당황하는 것 같았다. 혹시 그가 의심하지 않을까 걱정이 됐다.

결국에는 케이트 덕분에 성과가 있었다. 그녀는 오빠에게 아무렇지 않게 혹시 학생 중 '짐 크로우'*라는 아이가 있느냐고 물었다. 그는 어깨를 들썩이며 너무 당연하다는 듯이 말했다.

"콘래드 비숍이지 누구겠어. 닮았잖아?"

화장실 벽에 기댄 채 몰리가 눈을 치켜떴다.

"그런데 네 말을 어떻게 믿을 수 있지? 왜 백인이 우리 편을 들어

***짐 크로우** 노래에 등장하는 가상의 인물로 흑인과 동의어로 쓰이기도 했다. 천방지축으로 뛰어다니는 멍청이 봉제 인형의 모습으로 표현되어 있는데, 까마귀를 뜻하는 크로우는 가난과 어리석음을 의미한다.

주는 거야?"

그레이스는 다시 그녀의 눈을 똑바로 응시했다. 푸른빛이 도는 검은 눈이었다. 그녀는 여러 생각이 떠올랐지만 단지 이렇게 대답했다.

"나는 누구 편도 아니야. 그저 내 생각대로 할 뿐이야."

그레이스는 화장실 문을 열었다. 그런데 주디가 눈앞에 있었다. 그레이스는 아무렇지 않게 주디의 팔을 잡으며 말을 걸었다.

"크리스마스 파티는 잘 보냈어?"

주디는 누구나 탐낼 만한 유명한 향수와 카네이션, 엄청나게 편리한 고대기 등을 선물로 받았다고 자랑했다.

그녀는 주디의 이야기를 듣는 척하면서 해야 할 과제가 있다고 돌아섰다. 그러면서 주디가 화장실 안에서 아무것도 보지 못했기만을 기도했다.

화장실 문이 다시 닫혔다. 몰리는 그레이스의 진심을 완전히 믿을 수 없었다. 그레이스는 예쁘고 학교에서 인기도 많았다. 화장실에 모여서 화장을 고치고, 머리를 매만지는 아이 중 하나였다. 파티에서 여왕으로 뽑히기까지 했다. 그런 아이가 진보주의적 입장을 가졌을 리 없다. 게다가 브루크 샌더와 도로시 미첼의 친구가 아닌가. 비록 얼마 전부터 그들 사이가 약간 서먹서먹해 보이긴 했지만 말이다. 콘래드가 목표라는 사실은 믿을 만한 정보긴 했다. 그에게 무슨 일이 벌어지면 용서할 수 없을 것 같았다. 그런 일이 대낮에 벌어진다면? 누군가 그를 화장실에서 기다리고 있다가 공격한다면? 학생 중에는 물불 안 가리는 과격한 아이들이 있었다. 그들은 절대 처벌받지 않으면서 흑인들을 괴롭혔다.

몰리는 시계를 쳐다보았다. 역사 수업이 시작하려면 10분이 남아 있었다. 그에게 가서 얘기해 줄 시간은 충분했다. 조금만 서두르면 가능한 일이었다. 몰리는 화장실에서 나와 두리번거리며 대니를 찾았다. 그는 어디에도 보이지 않았다.

'어쩌지.' 그녀는 고민했다. '그레이스가 나를 붙들어 화장실에 들어가는 걸 보지 못했구나. 어디로 간 거지?'

재빨리 여러 가능성을 짚어 보았다. 하지만 시간이 없었다. 혼자서라도 콘래드를 찾아가기로 했다.

몰리는 적대적인 태도를 보이는 여학생 무리를 가로질러 갔다. 경호 군인 없이 혼자 움직이는 건 오랜만이었다. 그녀는 뛰기 시작했다. 여기저기서 온갖 욕설이 비 오듯 쏟아졌다. 하지만 몰리는 누구도 그녀에게 달려들 배짱은 없다는 것을 알게 되었다. 어쩌면 결국 그들은 이런 상황에 익숙해져 버린 건지도 모르겠다.

3분 뒤 몰리는 콘래드 비숍의 교실 앞에 도착하자마자 누군가 발을 거는 바람에 넘어지면서 그대로 타일 바닥에 미끄러졌다.

고개를 들자 한 학생이 낄낄거리며 그녀를 경멸에 찬 눈빛으로 아래위를 훑었다. 그러고는 다시 심각한 표정을 지으며 내뱉었다.

"여기서 왜 얼쩡대는 거야? 짐 크로우란 놈 하나만으로는 충분하지 않아 보여?"

그의 친구 중 하나가 다가와 그녀의 옆구리를 발로 찼다.

"경호 군인이 없어서 그러나, 왜 이렇게 약해 빠졌어? 여기서 당장 꺼지지 못해! 이 깜둥이 년아!"

몰리는 고통에 온몸이 움츠러들었다. 하느님은 어디에 계시길래 왜 이런 힘든 시련을 주시는 걸까?

콘래드가 달려와 그녀를 일으켜 주었다. 경호 군인은 놀려 대던 남학생 둘을 멀리 쫓았다.

몰리는 이때를 틈타 콘래드에게 조심하라는 말을 전했다.

그는 머리를 끄덕이면서 고마움을 표시했다.

"고마워. 생각해 줘서."

"조심할 거지? 아침하고 저녁 그리고 차에서 내릴 때, 경호 군인하고 만나기 전까지 말이야."

콘래드는 어깨를 으쓱해 보였다.

"사실, 경호 군인이 있든 없든 얼마든지 나를 해칠 수 있어. 내가 목표라는 것도 잘 알고 있고, 어떻게든 깜둥이가 연말에 졸업장을 받지 못하게 할 거라고 테이트가 일러 줬거든."

그는 몰리의 어깨에 손을 얹으며 말했다.

"너도 조심해. 만일 그들이 나를 잡지 못하면 얼마든지 너희 중 누구한테라도 분풀이하려고 들 테니까. 그러면 어쨌든 하나는 줄었다고 생각하겠지."

그로부터 열흘 뒤, 마들렌느 스탠포드가 학교 계단에서 구르는 사고가 일어났다. 누군가 떠밀었다고 했다. 마들렌느는 며칠 동안 혼수상태에 빠져 있을 정도로 부상이 심각했다.

신문마다 이 사건을 크게 보도했다. 상태가 얼마나 심각한지에 대해 상세히 전했고 이 소식은 다양한 협회를 통해 다른 주에도 퍼져 나갔다. 사건이 커지는 것을 막기 위해 운영위원회는 어쩔 수 없이 조치를 취해야 했다. 누구도 목격자로 나서지 않으려고 했기 때문에 가해자를 찾는 일이 쉽지 않았지만 이번 일에 책임이 있는 학생에게 며칠 간 정학 처분이 내려졌다.

몰리는 마들렌느의 일이 단지 우연한 사고라고 생각되지 않았다. 그제서야 그레이스의 진심이 믿어졌다.

마들렌느가 혼수상태에서 깨어나자 몰리는 다른 사람의 눈을 피해 그레이스에게 다가가 고맙다는 인사를 전했다. 그녀로서는 용기를 낸 행동이었다.

그레이스는 미소를 지어 보이며 친구에게 나쁜 일이 일어나 안타깝다고 했다. 몰리는 그녀의 눈에서 어떤 계산이나 적대감도 찾아볼 수 없었다. 둘은 친구처럼 몇 마디 이야기를 주고받았다. 몰리는 그녀의 행동이 얼마나 대단한지, 자신에게 얼마나 큰 용기를 주는지 말하고 싶었지만 그러지 못했다.

루프 가든 카페는 이 시간 때면 언제나 학생들로 북적거렸다. 교내 식당보다 음식이 훌륭한 건 아니지만 고급스러운 분위기 때문에 인기 관리를 중요하게 여기는 아이들이 좋아하는 모임 장소였다.

그레이스는 그곳에서 쉐우드와 그의 친구들을 만나 여러 얘기를 나누고 간단히 샌드위치나 스낵을 먹기도 했다.

그레이스는 탁자와 인조 가죽 소파 사이로 난 통로를 걸어가면서 낯익은 학생들에게 인사를 했다. 조금 뚱뚱한 어느 여학생이 콜라 잔을 떨어트리는 바람에 그레이스의 발아래로 와장창 소리를 내며 깨졌다. 그녀는 어이없다는 표정을 지었다. 하마터면 치마를 완전히 버릴 뻔했다.

카페 구석에서는 쉐우드가 핀볼 게임을 하고 있었다. 개인 기록을 깨려고 집중하고 있다가 그레이스를 보고는 바로 게임을 멈췄다. 그 모습에 그레이스는 화가 났다. 그녀는 남자들이 잘 길들여진 애완견처럼 구는 게 마음에 들지 않았다.

그가 질퍽한 키스를 퍼부으며 그레이스를 맞았다.

"내 사랑, 안녕."

"안녕, 쉐우드."

그레이스는 약간 차가운 말투로 인사했다.

쌀쌀맞게 대하는 게 그녀의 책임만은 아니었다. 그녀는 마치 금붕어 한 마리가 키스를 퍼붓는 느낌을 받았던 것이다.

그녀는 쉐우드를 보며 남자다우면서도 섬세한 이목구비에 집중하려고 애썼다. 언제부터 모든 게 거슬렸던 거지. 며칠 전부터였던가.

"뭘 좀 먹을래?"

그레이스는 고개를 끄덕였다. 그러고는 안을 둘러보며 빈자리를 찾았다.

잠시 후 종업원이 주문을 받으러 왔다. 그레이스는 클럽 샌드위치와 민트 워터를 주문했고, 쉐우드는 늘 먹는 땅콩버터 샌드위치를 골랐다.

대화는 자연스럽게 최근에 일어난 이야기로 시작되었다. 그는 3학년 학생이 파티에서 화학 선생님에게 데이트를 신청한 일을 알고 있느냐고 물었다. 평상시 같으면 호기심이 발동했을 텐데 왠지 시큰둥했다. 오히려 그에게 헤어지자고 하면 어떻게 반응할지가 더 궁금했다. 제발 소란이 일어나지 않았으면. 카페테리아 안에서 모두의 이목을 끌고 싶지 않았다.

쉐우드는 대화 주제를 바꾸었다.

"솔직히 운영위원회가 왜 그렇게 내버려 두었는지 이해가 안 된다니까."

"음…… 무슨 얘기하는 거야?"

"아, 그 신세러티라는 깜둥이 말이야. 다시 학교로 돌아왔다잖아. 도대체 교장 머릿속에 무슨 생각이 들어 있는지. 우리 엄마는 지금……."

그레이스는 말을 끊고 중간에 끼어들었다.

"저기, 할 말이 있어."

그때 종업원이 음식을 탁자에 놓으며 말했다.

"주문한 클럽 샌드위치하고 땅콩버터 샌드위치입니다. 2달러 50센트예요."

쉐우드는 아무 말 없이 지폐를 꺼냈다. 종업원이 주는 거스름돈을 받으며 그가 중얼거렸다.

"내가 걱정하고 있는 그 생각이 맞아?"

그레이스는 음료수 잔에 빨대를 넣고 민트 시럽이 물에 잘 섞이도록 저었다. 그러고는 그렇다는 의미의 눈길을 보냈다.

"미안해."

쉐우드는 의아하다는 듯 물었다.

"그런데 이유가 뭐야? 우리 잘 지내고 있었잖아? 학교에서 다들 부러워하는 제일 멋진 커플 아니었어?"

그레이스는 음료수 잔을 옆으로 밀면서 똑같은 말만 되풀이했다.

"미안해. 오빠 잘못이 아니야, 그건……."

그녀는 더는 말을 잇지 못했다. 상투적인 슬픈 말들을 꺼내 스스로를 깎아내리기는 싫었다. 만일 마들렌느를 계단 아래로 떠민 사람이 쉐우드라면, 그런 난폭한 행동을 좋아하지 않는다고 당당히 말했을 텐데. 그럴 수도 없었다. 그가 사건에 깊숙이 관여했다는 의심이 가고, 여전히 콘래드 비숍을 상대로 뭔가 꾸미고 있다는 건 알고 있었지만 증거도 없이 그를 비난할 수는 없었다.

쉐우드는 샌드위치를 들고 뒤도 돌아보지 않은 채 가 버렸다.

'자, 이제 됐어.' 그레이스는 달콤한 음료수를 한 모금 삼키며 이렇게 생각했다.

◆◇◆◇◆◇◆◇◆◇◆◇◆◇◆◇◆

오후 6시. 수업이 끝나자 학생들이 우르르 학교 밖으로 향했다. 그레이스는 경호 군인 옆에서 침착하게 걸어가고 있는 몰리를 보았다. 그녀 뒤에는 1학년 학생이 원숭이 흉내를 내며 따라가고 있었다. 유치하고 짜증 나는 일이 아닐 수 없었다.

그레이스는 서둘러 몰리 가까이 갔다. 그녀는 몰리에게 미소를 지어 보이며 용기를 내라고 고개를 끄덕여 응원했다.

"내일 봐. 몰리!"

그녀는 힘주어 인사했다. 그러고는 그녀를 지나쳐 교문 밖으로 턱을 높이 치켜들고 나갔다.

그녀가 몰리에게 응원한다는 표현을 한 건 이번이 처음은 아니었다. 지난주에도 몰리에게, 의자에 유리 조각을 넣은 땅콩 잼을 발라

놓았다고 알려 주었다. 교실에 들어선 몰리는 다른 자리로 가서 앉았다. 그레이스는 안톤의 실망하는 얼굴을 흥미롭게 지켜봤다. 안톤은 자신의 수법이 얼마나 기발한지 기대하고 있었겠지.

그들이 무슨 생각을 하든 이제 그녀는 신경을 쓰지 않기로 했다. 학년 말까지 이제 두 달도 채 남지 않았다. 더는 이 학교에서 공부하고 싶지 않았다. 점점 고립되는 느낌이었다. 주디조차 그녀를 외면하고 브루크와 어울렸다. 주디는 여종처럼 브루크 뒤를 따라다녔다. 자존심 따위는 없어 보였다.

또 하나 그레이스를 괴롭히는 고민이 있었다. 브루크, 도로시, 주디와 멀어지면서 자신의 스위트 식스틴, 열여섯 번째 생일 파티 계획을 누구와도 의논할 수 없게 되었다는 거다.

◆◇◆◇◆◇◆◇◆◇◆◇◆◇◆◇◆

그레이스는 장화가 땅바닥에 닿을 때마다 철퍼덕거리는 소리에 귀를 쫑긋했다. 특히 이 신발은 아주 경쾌한 소리를 냈는데 그 소리를 듣고 있으면 기분이 좋아졌다. 그녀는 두 손을 외투에 찔러 넣고 걸었다. 3월이라 여전히 쌀쌀했다. 하지만 곧 기온이 오른다고 했다. 이제 몇 주만 있으면 하늘거리는 원피스를 입을 수 있겠지.

갑자기 그레이스는 누군가 자신을 지켜보는 듯 불쾌한 시선을 느꼈다. 뒤를 돌아보았지만 모든 게 평온했다. 길 건너 인도에는 한 여자가 뚱뚱한 개를 끌고 골목길을 막 돌아서고 있었다. 그때 자동차 한 대가 털털거리며 그녀를 앞질러 갔다.

그레이스는 다시 몇 미터를 걸어갔다. 발소리가 이상하게 울렸다. 자기 발걸음 소리만 있는 것 같지 않았다. 혹시 쉐우드인가? 헤어지자는 말을 한 뒤로 그는 마주쳐도 말 한마디 건네지 않았다. 그녀는 다시 돌아보았다. 아무것도 없었다. 희미한 가로등 불빛만 보일 뿐이었다.

'설마 무슨 일이 일어나겠어? 쓸데없이 신경 쓰는 거야.' 그녀는 기운을 내려고 낮은 목소리로 중얼거렸다.

"제정신이 아니고서야 차들이 다니는 이런 큰길에서 강도질을 하지는 않겠지."

그녀는 아빠가 기다리고 있을 주차장에 거의 다 왔다. 자동차의 온기를 느끼고 싶어 서둘렀다. 아빠가 자신을 기다리며 세 대 정도 줄담배를 태웠다고 해도 상관없을 것 같았다. 담배 냄새가 밴 머리는 다시 감으면 되니까.

그 순간 모든 게 순식간에 벌어졌다.

누군가 뒤에서 외투를 잡아끌었고, 동시에 팔이 자기 몸을 번쩍 들어 올렸다. 비명을 지르려고 했지만 목 깊숙이 소리가 잠겨 나오지 않았다. 거인 같은 남자에게 들린 채 그녀는 경쾌한 소리를 내는 장화를 신고 컴컴한 어둠 속에서 절망적으로 몸부림쳤다.

거구의 남자가 그녀를 좁은 골목에 밀어 넣었다. 곳곳에서 구역질 나는 지린내가 진동했다. 그녀는 누군가 두 팔을 비틀어 잡고 다른 손이 입을 강하게 틀어막는 걸 느꼈다. 벗어나려고 발버둥 쳤지만 아무 소용이 없었다. 그녀의 저항이 우스울 정도였다.

눈을 뜰 수 없을 만큼 강한 불빛이 그녀의 동공을 마비시키는 듯했다. 큼직한 횃불이 정면으로 다가왔다. 그 불빛 뒤로 두 명의 그림자가 비쳤는데, 끔찍한 흰 가면을 쓰고 있었다.

그레이스는 토할 것만 같았다.

KKK! 쉐우드가 자기를 뒤따라오는 줄만 알았는데. 퇴짜를 맞은 남학생의 복수하고는 거리가 멀었던 것이다.

그녀는 입을 틀어막힌 상태에서도 토할 수 있는지를 떠올리자 끔찍한 순간에도 웃음이 났다. 하지만 그녀의 생각을 여지없이 허물어트리는 첫 번째 따귀가 날아왔다.

"이제 좀 덜 자랑스러운가. 어때!"

그레이스는 흐트러진 정신을 가다듬으려고 애를 썼다. 하지만 두 번째 손찌검은 더 강했다. 입안 가득 비릿한 맛이 차올랐다.

"자, 다 말해 봐. 요기 예쁜 머릿속에 도대체 무슨 생각이 스멀거리고 있지?"

키가 제일 큰 그림자가 그녀의 머리를 툭툭 치면서 계속 빈정거렸다. 그레이스는 두려울 뿐이었다.

귓가에는 세 번째 사람의 숨소리가 느껴졌다. 거의 배가 끊어질 듯 밧줄로 조이고 있는 사람이었다.

"이제 깜둥이들이랑 친구로 지낸다면서?"

그레이스는 온몸을 떨었다. KKK라면 심각한 일이었다. 이런 일로 봉변을 당하는 백인이 그녀가 처음은 아니었다. 키가 제일 큰 남자가 입을 열었다.

"다른 사람들이 다 우스워 보여? 그 더러운 몰리 코스텔로라는 계집애랑 아무렇지 않게 수다를 떨 수 있다고 생각했어? 머리가 어떻게 된 거 아니야? 깜둥이들 말을 알아?"

세 번째 따귀가 날아왔다. 그녀는 원한에 부르르 떨어야 할지, 아니면 그 자리에서 후회해야 하는 건지 알 수 없었다. 뜨거운 눈물이 뺨을 따라 흘러내렸다.

지금까지 아무 말도 하지 않고 있던 남자가 손을 주머니에 넣었다. 그레이스의 눈이 뒤집혔다. '제발, 칼은 아니길!'

그는 나무 상자를 꺼내 패거리에게 건넸다. 그리고 손가락을 그 안에 잠깐 담그더니 천천히 말했다.

"깜둥이 놈들을 그렇게 사랑하는 사람치고는 내 사랑, 너는 너무 하얗잖아."

그레이스는 진득하고 번들거리는 반죽으로 시꺼멓게 된 손을 보았다. 그리고 그 손바닥이 얼굴로 다가오는 게 느껴졌다. 영화에서처럼 한 장면이 클로즈업되면서 점점 더 크게 보였다. 이어 그녀는 두 뺨에 구두약의 촉감을 느꼈다. 결국 울음을 터트렸다. 두 눈을 감았는데 딸꾹질이 멈추질 않았다. 남자는 그녀의 얼굴에 계속 손을 문질러 댔다. 테레빈유 냄새가 머리를 띵하게 만들었고 눈물과 뒤범벅되었다.

그제야 그들은 만족스러워 하며 뒤로 물러섰다.

"이제 훨씬 낫네! 얘들아 안 그래?"

패거리들이 격하게 머리를 끄덕거렸다.

그때 그녀를 결박하고 있던 남자가 말했다.

"머리카락에는 잘 안 먹는데?"

그레이스는 순간 횃불 아래로 번뜩이는 칼날을 보았다. 즉각 무슨 일이 벌어질지 짐작이 갔다. 입이 틀어막힌 채 그녀는 비명을 질렀다.

사각거리는 소리는 참기 어려운 폭력이었다. 예쁜 금발 머리가 깃털처럼 바닥에 떨어지기 시작했다.

"완벽해. 이제 정말 깜둥이 같은걸."

잠깐의 침묵이 이어지다 이윽고 그가 말했다.

"우리가 그 깜둥이 년들한테 어떻게 하는지 알긴 해?"

그레이스는 순간, 육중한 두 팔이 자기를 붙들고 있던 그때부터 두려워했던 때가 왔다는 걸 느꼈다. 이제 그 일이 바로 자신한테도 벌어지는 건가. 신문에서 그렇게 떠들어 대던 어두운 뒷골목에 버려지는 희생자 중 한 명이 되는 건가. 남자의 손이 바지 단추를 푸는 걸 보면서 그녀는 차라리 정신이 나가기만을 바랐다. 이 골목길을 훨훨 날아 영원히 사라지기를 간절히 원했다.

"어이!"

두 눈을 감은 그녀는 쉐우드의 목소리가 들리자 깜짝 놀라지 않을 수 없었다.

그녀는 눈을 떴다. 눈이 무척 아팠다. 구두약 때문에 온몸이 불타는 것만 같았다. 지금 꿈을 꾸고 있는 건가? 그가 나를 구하러 온 건가? 그를 무시했던 마음이 한순간에 다 녹아 버렸다. 그녀는 여기서 도망칠 방법만 생각했다. 두 눈을 더 크게 뜨려고 애쓰면서 머리를 길가 쪽으로 돌렸다.

하지만 모든 희망의 불씨가 꺼졌다. 아무도 보이지 않았다.

“어이, 그렇게까지는 않기로 했잖아. 그냥 놔줘. 그거면 충분해.”

그레이스의 피가 얼어붙는 듯했다. 쉐우드의 목소리는 길에서 들려오는 게 아니었다. 가면을 쓴 자들 중 하나였던 것이다. 지금까지 한마디도 거들지 않던 사람이었다.

그 목소리가 다시 되풀이했다.

“그냥 놔둬. 그 정도면 충분한 것 같아.”

의심할 여지도 없었다. 바로 그였다. 쉐우드. 몇 달 전만 해도 그녀를 여신처럼 떠받들던 바로 그 목소리였다.

“장난하냐? 지금 이년이 여기…….”

쉐우드는 화를 내기 시작했다.

“제기랄. 그냥 놔주라니까. 내 말 안 들려!”

그레이스의 온몸에 격렬한 분노가 치밀어 올랐다. 그녀는 더는 통제할 수가 없었다. 그녀의 운명이 이 두 남자의 손에 달려 있었다. 그녀는 쉐우드와 눈을 마주치려고 애썼다. 그러나 그는 절대 눈을 맞추려 하지 않았다.

“제기랄, 이게 무슨 일이야! 로비, 가서 경찰 불러!”

다들 동시에 뒤돌아보았다.

그레이스는 골목 끝에 서 있는 로버트 더너웨이를 알아봤다. 3학년 학생 중 하나였다. 그 옆에 있는 사람은 잘 모르는 아이였다.

쉐우드와 패거리들은 골목길로 도망쳤다.

로버트가 그레이스 입을 틀어막고 있던 테이프를 떼어 주었다. 그녀는 곧바로 발아래로 모든 걸 토해 냈다.

톰슨 교장 선생님은 교실 탁자 앞에 서서 심각한 얼굴로 말했다.

"어제저녁, 여러분의 친구인 그레이스 앤더슨이 학교 근처에서 폭행을 당했습니다."

몰리는 갑자기 속이 뒤틀렸다. 평소 그 아이가 앉던 책상이 텅 비어 있는 것을 보고는 비명을 지르고 싶었다. 그레이스 앤더슨이 폭행을 당하다니. 용기를 내어 말을 걸어 주고 자기를 향해 웃어 준 유일한 백인 친구였다. 그저 우발적인 사건일 리가 없었다. 그녀에게 앙갚음하려던 것이 분명했다.

교실 안 학생들은 경악을 금치 못했다. 주디는 울음을 터트렸다. 도로시도 입을 거의 반쯤 벌리고는 교장 선생님을 뚫어지게 바라보았다. 꽤 충격을 받은 것 같았다. 그녀 옆에서 브루크는 하얗게 질려 눈썹이 파르르 떨리고 있었다.

혼란스러운 몇 분이 지난 뒤 몰리가 손을 들었다. 이번만큼은 누구도 비아냥거리지 않았다. 예의를 지키려고 그러는 것인지 아니면 잠깐 방심한 것인지는 알 수 없었다.

올슨 선생님은 몰리에게 머리를 끄덕여 허락했다. 그녀는 교장 선생님께 물었다.

"그레이스는 지금 괜찮나요?"

"심하게 다치진 않았지만 당분간 학교에 오기는 힘들 것 같구나."

"범인은 잡혔어요?"

안톤이 물었다.

교장 선생님이 고개를 가로저었다.

"지금으로서는 더 말해 줄 것이 없구나. 그레이스의 부모님이 신고를 해서 수사가 진행 중이란다."

한 시간 뒤, 이 소식은 학교 전체로 퍼졌다. 그레이스가 워낙 유명하기 때문이기도 했다. 다들 그 얘기만 했다. 학교는 온통 공포와 혼란으로 뒤섞였다.

사건에 대한 정보가 별로 없었기 때문에 소문은 눈덩이처럼 불어만 갔다. 세 명의 흑인 학생에게 강간을 당했다는 얘기까지 돌았다. 학교에서 친구들이 당한 분풀이를 한 거라고 했다. 그런데 왜 그녀가 목표였지? 그냥 우연이라고 했다.

콘래드는 신경질적으로 말했다.

"그런 일이 벌어지면 으레 흑인들 잘못이라고 몰아붙이지."

텔마가 고개를 끄덕였다.

"단지 소문이었으면 좋겠어. 그게 사실이라면 오늘이 우리가 이 학교에서 보내는 마지막 날이 될 테니. 콘래드, 너도 졸업장 받긴 글렀고."

몰리는 아무 말도 하지 않았다. 그녀는 빈스를 떠올렸다. 물론 그가 그런 일을 저지를 리 없었다. 하지만 다혈질이고, 거친 구석이 있으니 알 수 없는 일이었다. 순간적으로 어리석은 행동을 할 수도 있으니까.

11시쯤 교내로 경찰이 들어왔다. 학생들은 조용히 길을 비켜 주었고 몇몇 여자아이들은 어쩔 줄 몰라 당황했다.

30분 뒤 경찰들은 피해자가 유일하게 지목한 학생을 연행했다. 쉐우드는 수갑이 채워진 채 시무룩한 얼굴로 경찰차에 태워졌다.

보고 싶은 그레이스에게

널 다시 볼 수 있을지 몰라 이렇게라도 인사를 대신하고 싶어 편지를 쓴단다. 이 편지를 받자마자 쓰레기통에 던져 버리지 않기만을 바랄 뿐이야.

나 때문에 네가 끔찍한 일을 당했다는 생각을 떨칠 수가 없어. 그 날 너에게 고맙다는 말만 하지 않았어도……. 네가 다시 말을 걸어오는 일은 없었을 텐데. 이 편지를 읽고 있는 지금, 너는 기말고사 시험 공부를 하고 있겠지.

이 짧은 편지가 네가 겪은 힘든 기억을 결코 지우지 못한다는 것은 잘 알고 있어. 하지만 널 만나 내가 얼마나 행복했었는지 꼭 말해 주고 싶었어. 너는 우리가 용기를 낸 것이 결코 소용없는 일이 아니었다는 사실을 깨닫게 해 준 유일한 사람이야. 이 소중한 기억, 오래도록 간직할게.

네가 빨리 회복하기를 바랄게. 희망을 버리지 않고 끝까지 버틴 우리를, 평등을 꿈꾸었던 우리를 원망하지 않았으면 좋겠어.

이렇게 글로 쓰니 너에게 인사를 하는 게 어렵지 않네.

행운이 너와 함께 하기를.

몰리 코스텔로

1958년 4월 29일, 리틀록에서.

추신 ; 이 편지가 제때 도착할 수 있기를. 네 주소를 겨우 찾았어.

몰리는 거실에서 꼼짝 않고 라디오 생중계를 초조하게 기다렸다. 졸업식이 곧 시작될 텐데 이렇게 거실에 갇혀 있어야 한다는 사실에 화가 났다. 몰리는 벌떡 일어나 현관의 덧문을 열어젖혔다.

그러고는 퀴글리 경기장 쪽 지붕 너머를 물끄러미 바라보았다. 졸업식이 거행되는 곳이었다. 이처럼 역사적인 순간을 앞둔 전날 저녁을 어떻게 아무것도 하지 않고 조용히 넘어갈 수 있는지.

"말도 안 돼요!"

몰리는 거실 쪽으로 돌아서면서 내뱉었다.

"콘래드가 드디어 센트럴 고등학교의 첫 번째 흑인 졸업생이 된다고요. 그런데도 우리 중 누구도 졸업식에 참여할 수 없다니! 심지어 부모님조차 말이에요!"

몰리는 콘래드가 하얗게 빛나는 졸업장을 받기 위해 당당하게 걸어나가 단상에 오르는 장면을 상상해 보았다. 힘든 역경을 딛고 쟁취한 졸업장이었다.

몰리는 어떤 말로도 자신이 느끼는 부당함을 표현할 길이 없었다.

그러다 입에서 툭 하고 한마디가 튀어나왔다.

"이건 너무…… 부당하다고요!"

엄마가 거들었다.

"몰리, 알아. 엄마도 가서 축하해 주고 싶었단다. 하지만 여러 번 얘기했듯이 너무 위험해. 그건 너도 잘 알 거야. 우리 중 아무도 가지 못해. 신문 기자들마저 피부색이 조금만 짙어도 가까이에서 취재하지 못할 테니까."

"그래도……."

"더는 해 줄 말이 없구나. 경비가 보통 삼엄한 게 아니야. 경찰은 물론 FBI와 군대까지 동원되었으니 어떻게든 콘래드를 보호해 주겠지. 신문이나 방송에서 뭐라고들 하는지 아니? 콘래드가 죽을 각오를 해야 할 거라고 하더구나……."

몰리는 엄마의 말이 옳다는 걸 알고 있었다. 위험하지 않다면 그렇게 엄청난 비용을 들여 경호를 강화하진 않았을 것이다. 실제로 테러가 의심되는 단서도 발견되었다. 콘래드의 사물함에서 다이너마이트가 나온 것이다. 다행히 불이 붙어 있진 않았지만 전달하려는 메시지만큼은 분명했다.

어떤 공격을 준비하고 있는지는 알 수 없으나 그들 역시 행동으로 옮길 시간이 얼마 남지 않은 셈이었다. 하지만 이런 상황에서 일을 벌이기는 만만치 않을 것이다.

할머니는 초에 불을 붙였다.

"자, 이리로 오렴. 그 아이를 위해 기도하자."

정확히 8시 48분, 콘래드 비숍의 이름이 불렸다. 그가 단상에 졸업장을 받으러 나갈 차례였다.

다른 졸업생의 이름이 불릴 때마다 우레와 같은 박수가 터져 나왔다. 그런데 콘래드가 단상에 올라서자 침묵만이 흘렀다.

몰리는 엄마와 할머니의 손을 맞잡고 거실에 놓여 있는 작은 라디오 앞에 앉아 있었다. 모두 눈을 감고 있었다. 할머니는 고개를 숙인 채 기도를 했다.

"아무도 그 아이에게 총을 겨누지 않게 해 주세요. 무사히 졸업장을 받게 해 주세요."

몇 초가 흘렀을까. 참을 수 없이 긴 시간이었다. 몰리는 할머니처럼 두 눈을 감고 기도했다. 몸을 조금만 움직여도 총소리를 듣지 못할까 봐 두려웠다.

드디어 다음 학생의 이름이 불리고, 다시 박수가 터져 나왔다.

몰리는 그제야 깊게 안도의 한숨을 내쉬었다. 긴장감이 절정에 달했던 순간이었다. 몰리는 마침내 꺽꺽 소리 내며 울었다. 슬픔과 기쁨이 뒤엉킨 뜨거운 눈물이었다.

몰리는 눈물을 모두 쏟아 내고서야 안타까운 마음이 들었다.

"거기 모인 사람 중 단 한 사람도 콘래드에게 축하의 박수를 보내지 않았어요. 그 많은 백인들 앞을 지나 혼자 외롭게 단상에 올라서야 했어요."

"괜찮아."

엄마가 말했다.

"학교 밖 세상 곳곳에서 수천 명의 사람들이 그에게 박수를 보냈을 테니 괜찮아. 콘래드와 너희 모두를 향해. 너희가 지금까지 이뤄 낸 것을 위해 말이야."

할머니가 덧붙였다.

"그가 축하의 박수를 받든 받지 않든 그게 중요한 게 아니란다. 드디어 졸업장을 받았잖니. 그게 중요한 거지."

몰리가 속삭였다.

"드디어 해냈어요. 우리가 해냈어요."

엄마와 할머니가 몰리를 꼭 끌어안았다.

할머니는 몰리의 이마에 손을 가만히 갖다 댔다.

"세월이 지난 뒤에 알게 될 거야. 이번 일이 네게 얼마나 많은 용기와 힘을 주게 될지 말이야."

그레이스는 차창 너머로 스쳐 가는 풍경을 바라보고 있었다. 그들은 숲이 아름다운 다마스커스를 막 지나온 터였다. 시간이 멈춘 것 같은 마을에는 주민 몇 명만 보였다. 한 여자가 물건이 가득 담긴 갈색 종이봉투를 양손에 들고 식료품점에서 나오고 있었다. 어린아이들 한 무리가 학교 운동장에서 신 나게 뛰놀고 있었다. 그레이스는 천진난만하게 보냈던 자신의 어린 시절을 떠올렸다. 지금과는 다른 삶을 상상하며 뛰놀던 그 시절을.

옆에 앉은 케이트는 여행 가방으로 꽉 차 발을 둘 곳조차 없는 와중에도 슈퍼맨 만화에 푹 빠져 있었다. 가끔 놀라거나 흥미롭다는 듯한 소리를 냈다.

앞자리에는 부모님이 말없이 앉아 있었다. 그레이스는 자기처럼 부모님도 아마 머릿속에 스치는 기억들을 하나쯤 붙들고 있으리라 생각했다.

그녀는 짧은 머리칼을 쓸어 넘겼다. 그 일이 있은 지 벌써 두 달이나 지났다. 하지만 매번 머리를 만질 때마다 그녀의 손가락이 놀라는 듯했다. 그녀는 한숨을 내쉬었다. 이번 일만큼은 정말 잘 매듭짓고 싶었다.

사건이 일어난 뒤 부모님은 조금도 머뭇거리지 않았다. 아빠는 다른 도시로 전근을 신청했다. 집을 팔고, 모든 서류를 정리했으며 가정부에게도 새 일자리를 찾아 주었다.

그들은 오하이오주의 신시내티로 이사를 가기 위해 두 시간 전 리틀록을 떠나 지금은 북쪽을 향해 곧장 나아가고 있었다.

그레이스는 미니와 헤어지는 것이 가장 아쉬웠다. 미니는 울지 않으려고 애썼지만 그레이스가 그녀 몫까지 같이 울어 주었다. 왜 사람은 떠나는 순간에야 상대를 그렇게 사랑했다는 걸 절절하게 깨닫는 걸까.

그레이스는 몸을 숙여 가죽 가방을 집었다. 가방을 무릎 위에 올려놓고 작은 상자를 꺼냈다. 미니가 준 상자였다. 그녀는 부드럽게 웃으며 '나중에 보라고' 말했다. 그레이스는 파란색 새틴 리본을 풀고 상자를 열어 보았다.

그녀는 저절로 미소가 지어졌다. 상자 속에는 스타킹 하나가 가지런히 놓여 있었던 것이다. 바닥에는 작은 글씨로 적은 메모지가 있었다. '열여섯 번째 생일을 축하하며. 미니가.'

그레이스는 스타킹을 천천히 쓰다듬으며 갑자기 부끄러움을 느꼈다. 마지막 순간까지 그녀는 미니가 무엇을 좋아하는지 하나도 알지 못했다. 어디에 사는지, 그녀의 아이들은 누구를 닮았고, 그녀는 자주 웃는지, 몰리 코스텔로와 여덟 명의 아이들에게 그랬던 것처럼 한 번도 그녀의 삶에 관심을 가지려고 하지 않았던 것이다. 이제야 그 아이들이 얼마나 놀라운 용기를 가졌는지 깨달았다.

그 일이 일어난 뒤 그녀는 흑인들의 투쟁이 정당하다는 것을 알았다. 단지 다른 피부색을 가진 아이에게 말을 걸었다는 이유만으로 그렇게 공격을 당했다는 사실은 그들이 놓인 상황이 얼마나 심각한지를 잘 보여 준 것이었다.

어쩌면 그녀는 그들이 옳다는 것을 이미 알고 있었는지도 모르겠다. 단지 그걸 겉으로 드러내 고백하지 않았을 뿐인지도.

그레이스는 몰리가 미소 짓고 있는 모습을 상상하려고 했다. 몰리는 늘 시무룩했다. 조금만 즐거운 표정을 지어도 시비를 걸었기 때문에 쉽게 웃을 수 없었을 것이다. 그런 그녀가 웃을 때는 어떤 얼굴일까?

"제기랄, 좋아!"

케이트가 갑자기 몸을 일으키며 중얼거렸다. 머릿속은 오직 만화 생각으로만 가득한 것 같았다.

그레이스는 창밖의 풍경을 다시 바라보기 시작했다.

몰리의 웃는 모습이 마음에 들었다.

그리고 그 후……

실제로 여덟 명의 학생만이 학기를 무사히 마칠 수 있었다. 백인 학생에게 칠리소스를 뿌린 미니진 브라운은 화를 참지 못하고 맞섰다는 이유로 퇴학 처분을 받았다.

1958년, 센트럴 고등학교의 통합 정책은 중단되었다. 포버스 주지사는 자신의 권한으로 주민 투표를 실시하였고, 그 결과에 따라 시의 네 개 국립 고등학교를 폐교해 흑인 학생들이 백인과 수업을 듣지 못하게 했다. 사람들은 그해를 '잃어버린 해'라고 불렀다.

1959년 대법원의 명령에 따라 학교가 다시 문을 열었다. 흑인 학생들은 여전히 무시당하고, 웃음거리가 되었으며 온갖 험한 일들을 겪어야 했다. 공부를 계속하기 위해 어쩔 수 없이 이사를 간 이들도 있었다. 결국 센트럴 고등학교에 입학한 아홉 명 중 단 세 명만이 졸업을 할 수 있었다.

센트럴 고등학교 최초의 흑인 졸업생, 어니스트 그린은 우편으로 졸업장을 보내 주겠다는 교장의 제안을 거절하고 졸업식에 참석해 당당히 졸업장을 받았다. 이후 미시간 주립대학교 학사, 석사를 받고, 1965년 남부 지역의 소수 민족 여성들의 경력 개발을 위해 세워진 아돌프 협회에 인턴으로 들어갔으며 1968년부터 1976년까지 필립 랜돌프의 교육 기금 단체의 책임자로 일했다. 1981년에는 '특출한 이글 스카우트 상'을 받았으며 1985년부터 리먼 브라더스에서 일했다.

엘리자베스 엑포드는 여전히 리틀록에 살고 있다. 고등학교 졸업 후 미주리 주 세인트루이스에서 대학을 다니며 역사학을 전공했고 은행 업무를 담당하는 최초의 흑인이 되었다. 엘리자베스는 언론인과 군인 경력도 가지고 있다. 1974년에 고향으로 돌아와 지금은 사회 활동가이자 두 아들의 어머니로 살고 있다.

제퍼슨 토마스는 주 입법부에 의해 학교 문이 닫혔던 이듬해, 통합 정책을 지지하기 위해 다시 센트럴 고등학교로 돌아가 1960년에 졸업했다. 남부의 애너하임에 살면서 미국 국방부 회계사로 일했다.

테렌스 로버츠는 1959년 가족과 함께 로스앤젤레스로 이사했고 그곳에서 고등학교를 마쳤다. 로스앤젤레스에 있는 캘리포니아 대학교와 안티오크 대학에서 학생들을 가르치고 있으며 임상 심리학자이기도 하다.

카로타 월스는 센트럴 고등학교를 졸업한 세 명의 학생 중 하나다. 그녀와 제퍼슨 토마스는 1959년에 3학년으로 다시 돌아갔다. 그녀는 미시간 주립대학교를 졸업하고 지금은 콜로라도주 잉글우드에서 부동산 중개업을 하고 있다.

학교 카페테리아에서 시비를 건 백인에게 칠리소스를 뿌렸다는 이유로 퇴학 처분을 받은 미니진 브라운은 1960년대 베트남전 반전 운동을 하며 캐나다로 이주하여 오늘날에는 온타리오에서 작가이자 사회 활동가로 일하고 있다.

글로리아 레이는 일리노이 테크니컬 대학을 졸업하고 스웨덴 스톡홀름에서 석사 과정을 밟았다. 이후 항공 기술자로 일하며 과학 분야 저자로 다수의 작품을 썼으며 39개국에서 나오는 잡지를 성공적으로 출간하기도 했다. 은퇴한 뒤에는 암스테르담과 스톡홀름을 오가며 남편과 함께 시간을 보내고 있다.

텔마 마더세드는 대학 졸업 후 교사 자격을 얻었다. 일리노이주 벨빌에 살면서 여성 학대 예방을 위한 프로그램에 자원 활동가로 일하고 있다.

이 이야기의 주인공, 몰리의 모델이기도 한 멜바 파틸로는 여러 신문과 잡지에 기고하면서 꿈꾸던 신문 기자가 되었다. 〈피플 매거진〉과 미국 방송 NBC 기자로 일했으며, 현재 샌프란시스코에 살면서 신문 방송학을 가르치고 있다.

이 용감한 학생들은 훗날 1996년 〈오프라 윈프리 쇼〉에 출연했고 1999년에는 '의회 황금 메달'을 받았다. 그때까지 겨우 3백 명만 받은, 미국 시민의 가장 명예로운 훈장이었다. 2009년 1월에는 미국의 첫 흑인 대통령, 버락 오바마 대통령의 취임식에 초대받아 참석하기도 했다. 2010년 2월 9일, 마케트 대학교는 이들에게 '마케트 발견상'을 수여했다. 이 상은 테레사 수녀, 투투 대주교*, 아폴로 11호 등에 주어진 대학 최고의 상이다.

리틀록 나인 사건은 1981년 CBS 〈센트럴 고등학교의 위기〉, 1993년에는 디즈니 채널에서 〈그린 어니스트의 이야기〉라는 텔레비전용 영화로 두 차례 제작되었으며 리틀록 센트럴 고등학교는 '국가 역사 유적지'로 지정되어 당시 사건을 기념하기 위한 권리 박물관이 세워졌다. 2007년에는 미국 조폐국에서 리틀록 나인을 기념하는 주

***투투 대주교** 남아프리카공화국 케이프타운의 대주교로 활동하면서 인종 분리 정책 반대에 평생을 바친 인권 운동가로, 1984년 노벨 평화상을 받았다.

화를 발행했다. 동전의 앞면에는 군인과 동행하는 아홉 명의 아이들과 그들을 상징하는 아홉 개의 별이 있고 뒷면에는 센트럴 고등학교가 그려져 있다. 기념 주화의 판매 수익금은 국가 역사 유적지를 개선하는 데 사용되었다.

미국 인종 차별 폐지를 위해 당당하게 싸웠던 아홉 명의 아이들은 오늘날에도 인권 운동의 상징으로 기억되고 있다.

당당하게 차별과 맞선 우리의 열여섯
용기가 말을 건넬 때

초판 1쇄 발행 2014년 02월 17일
초판 8쇄 발행 2020년 02월 05일

지은이 안느리즈 에르티에
옮긴이 정미애

총 괄 모계영
편집이사 이은아
편 집 조정우, 민가진, 한지영
디자인 강미서
마케팅 구혜지, 한소정

펴낸이 한혁수
펴낸곳 도서출판 다림
등 록 1997. 8. 1. 제1-2209호
주 소 07228 서울시 영등포구 영신로 220 KnK디지털타워 1102호
전 화 (02)538-2913 **팩 스** (02)563-7739
블로그 blog.naver.com/darimbooks
다림 카페 cafe.daum.net/darimbooks
전자 우편 darimbooks@hanmail.net

ISBN 978-89-6177-081-1 43860